与死神相遇的11分钟III

[生命回旋]

潜行生死2322天

钟灼辉 著

华夏出版社
HUAXIA PUBLISHING HOUSE

图书在版编目（CIP）数据

生命回旋: 潜行生死2322天 / 钟灼辉著. —北京：华夏出版社, 2015.5
（与死神相遇的11分钟）
ISBN 978-7-5080-8379-7

Ⅰ.①生… Ⅱ.①钟… Ⅲ.①心理学-通俗读物 Ⅳ.①B84-49

中国版本图书馆CIP数据核字(2015)第006067号

生命回旋: 潜行生死2322天

作　　者	钟灼辉
责任编辑	陈　迪　王占刚
责任印制	刘　洋
版式设计	殷丽云

出版发行	华夏出版社
经　　销	新华书店
印　　刷	三河市少明印务有限公司
装　　订	三河市少明印务有限公司
版　　次	2015年5月北京第1版　2015年5月北京第1次印刷
开　　本	670×970　1/16开
印　　张	11.25
插　　页	2
字　　数	120千字
定　　价	35.00元

华夏出版社 网址：www.hxph.com.cn　地址：北京市东直门外香河园北里4号　邮编：100028
若发现本版图书有印装质量问题，请与我社营销中心联系调换。　电话：（010）64663331（转）

目录 CONTENTS

自序 / 1

前言 / 1

第一章　兆象的指引 / 001

第二章　埋藏的宝藏 / 009

第三章　星月之矢 / 021

第四章　太阳的影子 / 035

第五章　13根芦苇 / 047

第六章　智慧之钥 / 059

第七章　宝瓶之谜 / 071

第八章　影子的分离 / 081

第九章　天使与魔鬼 / 093

第十章　魔鬼的手镯 / 103

第十一章　黑暗之心 / 113

第十二章　最后的印记 / 127

第十三章　宇宙坛城 / 147

第十四章　回去的道路 / 157

原来，只要真心相信，认真追寻，
全世界都会联合起来帮助你。

自　序

　　每个故事都会有开始，有结束，而我的故事起点跟终点都在同一个地方发生。花了六年多的时间走了一大圈，最后还是回到原来的地方。故事像是结束了，又像从来没有开始过一样。故事一开始讲述一宗离奇的坠机意外，飞机从高处坠落，我身受重创并濒临死亡。第一幕就是形容濒死时的景象，我灵魂出体，并与死神对话。因为我没有通过死亡的考验，只好带着未解答的问题，被遣返人世。整个故事始于一个问题，终于最后的答案。所以最后一幕是重返濒死的时空，故事跟生死一样无始无终，我与死神未完的对话亦在此延续。

　　《生命回旋》其实是一部小说形式的重生传记，记述我从意外康复到寻找人生答案的一段奇幻旅程。我寻回了失落的有色太阳镜，以让人目盲的视线照见天地、照见众生、照见自己。旅程中所描绘的尽是所遇到的风土人情、奇闻轶事，我没有既定的目的地，也没有预期的答案，我的终点就是要解答濒死时的人生最后问题。

　　其实人生就好比一段旅程，遇上的人就是旅伴，碰上的事就是风景，一切的答案都落在沿途的点点滴滴里。但我必须说明，这终究是一个人的旅程，就如出生、成长、老去跟死亡，都只是一个人的历程。如果你愿意离开熟悉的陌生世界，勇敢地跟我慢行细品，你便可透过我的眼睛看见不一样的天地人心，最后跟真实的自己相知相遇。所以这其实是一部另类的旅游工具书，满载着旅者探索生命的勇气。

这本书的首次出版之日正是那一场意外的九周年纪念日。

前 言

这是一个用生命写成的故事。

故事始于十年前的一个晴朗的早晨,当时我正在滑翔机的驾驶舱,乘风飞向无边的天际。突如其来的故障,让飞机成了断线的风筝。

地面的景物在我眼前迅速逼近,死亡正向我招手,在生死的一瞬间,我看见奇异的光景,听到无声的讯息,更遇上人生的最后一道难题。

我重温了三十年的人生,同一时刻陷入满足与空虚的两极,迷惘于梦想的起讫点之间,最后连离开或留下的决定也做不了。这时,我才惊觉自己虽然活过,但从未真正活着。

上天给我机会重新再活一次。我返回原来的身体,曾经拥有的一切,从生命里一一消逝,事业、健康、财富、感情,无一例外,我从人生的高峰跌入了一无所有的幽谷。

面对无常的生命,我曾经奋力挣扎,也试过消极放弃。当我不再与时间竞赛,不再跟命运角力时,我才真正看清生活中的每一件事,听到大自然与内心的呼唤,认识何谓生命的流向。

生命的力量使我奇迹般地康复,我再一次学会用双脚走路,学会如何用心看世界。凭借兆象的指引,我重回坠机之地,寻获昔日遗下的太阳眼镜，从此展开了一段启迪智慧的奇幻之旅。

　　旅程中发生了许多不可思议的事，原来，只要真心相信，认真追寻，全世界都会联合起来帮助你。在找到天地之心的时候，我意识到宇宙万物本为一体，既无常幻变，又恒常有序；生命不断循环流转，生生不息。在寻见纯然本心的时候，我认识到人性无善恶之分，是神魔合一的；只有面对与接纳自己的黑暗，才能放下对光明的执着。

　　在这趟奇幻之旅中，透过重生的十个梦想，我体悟到人生最珍贵的宝藏——智慧。从前的我能够上天下海，却没有得到过真正的自由，但是智慧使我的心灵生出翅膀，海阔天空地任意飞翔。在顿悉万念皆虚幻的同时，不再为万念所缚，自由地活在一个无生亦无死的世界。

　　现今的世道充满了迷惘与怨念，期盼这个故事能带来心灵上的启发与安慰。慢慢地你会发现，这其实是一个活的故事，它有生命，它会流动。在不同的人眼中，会显露不一样的面貌；在人生不同的阶段阅读，会带来不一样的体悟。希望这本书成为你的朋友，陪伴你一步一步地，在智慧的道路上勇敢前行。

第一章
兆象的指引

每次当我感到无助或迷失时，我都会想起一句话："当你真心相信，认真追寻时，全世界都会联合起来帮助你，给你指引。"原来这句话是真的。

其实所谓的指引，并不是什么惊世的讯息或罕见的异象，可能只是一些不以为意的梦境或大自然景象，只是没有用心观察解读而已。

就像很多人说的，重大事故或意外发生前，都会出现一些不寻常的征兆，如做不祥的梦、打破东西、心绪不宁或看见乌鸦等。我们的潜意识首先感应到即将发生的危险，继而透过这些巧合的现象告诉我们，要我们小心提防及采取必要行动。

在我的坠机意外发生前，的确曾有过大大小小像死亡预告般的提示，只是当时的我并不懂得解读这一连串兆象隐藏的讯息。

话说回去，从一开始我便对这次飞行训练有种不祥的预感。记得出发前一天，我像往常一样到庙宇祈求平安，离开时碰到了里面的老庙祝，老庙祝就曾告诫我："又要出远门吗？你的气色不好啊！你今年犯太岁，容易遇上血光之灾，特别是跟交通相关的事宜，要特别小心。还是不要到处乱跑，即使是无脚的小鸟，也终究有停下来的一天。"

在坠机的前一天又发生了一件怪事，一只老黑猫竟无缘无故地钻到我的枕头下面，留下了一堆排泄物，这是一个十分不祥的象

第一章　兆象的指引

征。当天晚上，我做了一个奇怪的梦，看见自己在天上飞，飞过一座又一座的高山，穿过一层又一层的白云，自由自在，十分写意。

但我发现自己不是坐在惯常的滑翔机里，因我看不见驾驶舱的显示仪表，也找不到任何操控杆或控制脚踏，只有冷冷的风不断迎面吹来。这时我才赫然发现自己变成了一只小鸟，双手长满了长长的羽毛，像翅膀一样，而最重要的是我的双脚竟不见了！我只有不停地拍动翅膀飞翔，因为我不能停下来，没有了双脚，我根本不可能降落在任何地方。我渐渐没力气了，双手沉重得再也拍不动，身体不住地往下沉……然后我突然惊醒过来，全身冒着冷汗。

面对这一连串的不祥征兆，我只尝试以理性解释，把所有巧合合理化，试图缓和不安的情绪。我把梦境视作日常生活片段的投射反映，所以在训练期间梦见自己在天上飞行，是十分正常的心理现象。而梦里所看见的无脚小鸟，可能只是之前听了老庙祝的告诫，说话不知不觉间跑进梦里去。至于老黑猫事件，更是一宗独立的偶然事故，理性逻辑上跟飞行完全扯不上任何关系。

结果在第二天早上，我真的发生了夺命的坠机意外，虽然最后大难不死，但却摔坏了双腿，仿如庙祝口中或梦境中的无脚小鸟。

心绪不宁、老庙祝、黑猫到噩梦等一连串相关征兆，难道只是纯然的巧合吗？这也未免太巧合、太诡异了吧！可能这一切就是之前所说的提示和指示，透过不同形式所呈现的兆象，只是我不懂解读。

意外发生后，我一直想要在现实世界里寻找濒死时的那份超然感觉，因为我想再次回到濒死时内心那份平静与和谐。后来我在轮椅上学习以小孩的眼睛看世界,再一次得到重大的醒悟。当我寻回那颗安静的平常心时,奇妙的事情开始发生了。

我看见从大自然而来的一些讯息,这些讯息主要是透过自然现象所传达,虽然可能只是平常不过的自然现象,但我却清楚感到当中带有强烈的暗示性或象征意义,并非只是纯然的巧合。而且这些讯息会不断重复,像确保能被我注意到或解读到一样。

我回想起经历濒死时,"死神"曾经对我说的一句话:"这里是一个真实的世界,所有东西只以本质存在着。"我被这句话所惊醒,尝试不被现象的外表所迷惑,留心解读内在的本质,没想到我慢慢掌握了解读大自然兆象的要诀。

有一天下午,我在公园里看到一连串自然现象,像是大自然给我的重要讯息。公园里有一片绿油油的草地,之前不知道为何烧焦了一小块,可能是没公德的吸烟的人乱丢烟头所致,又或是顽皮的小朋友的恶作剧。但那一小块焦土,有一天却长出了一株株翠绿的嫩芽,形状看起来就像一只只小鸟。

然后在一棵树上,我看到一个虫蛹,大约三厘米左右,倒挂在一片叶子下面。它逐渐裂开,一只颜色缤纷的蝴蝶从里面飞了出来,我这个城市人倒是第一次亲眼看到这个景象。在我离开公园时,我的轮椅差点辗过一只昆虫,我连忙把轮子刹住。俯身一看,原来不是昆虫,而是一只蝉蜕下的壳。

我突然心头灵光一闪,知道这不是纯粹的巧合,当中有着什么关联讯息,好像要对我表达着什么似的。我闭上眼睛,深深吸了一口气,尝试理解个中意思。只要用心去看,不要被它们的外表迷

第一章　兆象的指引

惑，一切都以象征意义存在着。我尝试将它们拼凑起来，找出相通的特质，拆解后再重新组合，那代表的会是什么？我看到火，看到自我蜕变，看到重生，看到展翅飞翔的鸟：那是一只破焰重生的火凤凰！

这个兆象给予我重要的治疗启示，我已经不需要再待在这轮椅的世界，亦不用四处往外找寻治疗方法，因为我自己才是唯一的治疗希望。我需要的是一种自我重生的疗愈方法，我不用创造奇迹，只需要相信生命的重生本能。我将会重新活过来，再一次用双腿走路。这就是我解读到的讯息：自愈重生。

我透过如梦一般的奇迹治疗法扭转了自己的伤残命运，更在意外后的第五十个星期，彻底康复了。现在我可以靠自己的双腿再次走路，回到原来正常上下班的生活。

在恢复上班的第七天，我看到了一个兆象。

当时我正沿着河堤走路回家，看到一群鱼儿在岸边觅食，我好奇地走近，鱼儿感觉有人靠近，便立即四散游走了。但其中有一条鱼留在那里，那条鱼的泳姿十分古怪，有点东歪西倒，不停在原地打转，我赫然发现，那是一条没有尾巴的鱼。那条无尾鱼拼命地游着，但不论它再怎么努力，的始终停留在原地，它已经回不了家了。

当我走到公园时，我看到了另一个兆象。我看见天上一只老鹰在我上空不停盘旋飞翔，它的飞行动作让我想起驾着滑翔机时的情境。突然间，老鹰像看到猎物般俯冲过来，但那俯冲仿如飞机失去动力一样，以螺旋形式迅速向下坠落。在快要接近地面时，老鹰急速刹停在一根白色的电线杆上。它站在那里一动不动,以奇异的眼神望着我。

我知道这是自然界传递讯息的语言,老鹰跟无尾鱼正在向我发出某种重要的讯息。

在轮椅上的世界,我无意间发现了大自然的沟通方式。以兆象的形式传达讯息,只要静下来用心去看,用心去听,每个人都能解读个中的含义。这是一种天赋的才能,我们内心与大自然连接的独特方法。

老鹰与无尾鱼的象征意义,把意义解构后重新组合,我得到的讯息是:回到掉下来的地方,在那里,我遗下了生命中重要的东西。

到底是什么样的重要东西?是灵魂吗?我的灵魂正与我的躯体牢牢地结合着,完全没有任何空洞的感觉。但我相信只要跟从兆象的指示,我将会在那里找回我遗失的东西。

第一章　兆象的指引

死亡对于大部分的人来说，是一种可怕的失去或是充满未知的痛苦与恐惧，但对我来说是一种生的领悟。只有接受与明白死亡，才能理解生的存在与意义。

第二章
埋藏的宝藏

两个星期以后，我出发到新西兰，那是11月的第一个星期天，一个阳光灿烂的周日。我提着简单的行李，叫了辆出租车到机场去。司机是一个其貌不扬的五十多岁的中年男子，头已经秃了大半，就只剩下两只耳朵后的一小撮毛发。右边的耳朵上卡着一根没有点燃的香烟，他不时把香烟叼在嘴里吸两口，又把香烟放回耳朵上。收音机在播放着维瓦尔第的《四季》交响曲，描述秋季的乐章刚好是这交响曲中最精彩的部分。秋天到来，农作物成熟了，饱满的麦子成了地上的黄金。农民们弯着身躯，辛勤地收割。在那个年代，没有所谓的收割机，靠的只是农民的镰刀与汗水，这让我想起米勒的《拾穗者》。"这《四季》交响曲写得真棒，特别是这秋季的部分。"出租车司机突然对我说。

我从没碰过喜欢古典音乐的出租车司机，他能说出乐曲的名字，倒让我有点惊讶。

"你会到有大片农田的国家吗？我有一次看到大片的农田，大约是十年前的事了。"司机眯着眼睛，仿佛回想着十年前的光景，忽略了前面的路面状况，好像那回忆比驾驶车子更为重要。

"会看到大片的农田，但不知道会不会看到农夫。"

"那你觉得一个农夫需要多少的田地才足够呢？"司机问着奇怪的问题，然后再深深地吸一口他没点燃的香烟。

那次意外后，我总是遇到一些奇怪的人和事，像这个爱听《四

第二章 埋藏的宝藏

季》交响曲的出租车司机，感觉我所处的世界在某部分真的改变了。他这么一问，让我想到一个故事：

有一个贵族拥有双眼都看不到头的那么多的土地。一天，他站在自己的田地上，看着其中一个农奴辛勤地工作。他把农奴叫到跟前说："为了奖励你的勤劳，我要赐予你一片农田。从现在这里开始，你所走过的每一寸土地都是属于你的，但唯一的条件是必须在日落以前，回到现在这里来。"

农奴听到以后便拼命地向着前方奔去，他到了好远好远的地方才折返回来，在太阳落下的前一刻刚好赶回原点，他得到了他所能及的最大一片土地。可是，他因过度疲惫倒下了。临死之前，他才忽然明白，他目前所需要的土地，只是他现在躺着的那一小块而已。

"能容纳他身子的那块土地。"我回答出租车司机。

"不需要更多的出租车，就只要这一辆。"

"希望这次旅游，能找到你所需要的一片土地。"出租车司机对我说。

我们再也没有任何的交谈，只是静静聆听《四季》交响曲，在寒冬的乐章完结之前，我下车了。

我办好登机手续，怀着寻宝的心情上了飞机，经过十个小时的航程，我终于再一次踏上这个国家。我提着行李走出机场，Vivian兴奋地向我挥手。Vivian是我在这认识的好朋友，十多年前她从台湾的家独自跑到新西兰之后，在世界的另一端开了自己的服饰店，她是一个独立自主的女性。我受伤的那段期间，多亏了她的照顾。

"没想到能这么快与你见面，你的精神好像比一年前还好呢！"Vivian拥抱着我说。

"我也没想到这么快就可以见面，我的康复比预期中的理想，现在已经可以自由地走路了。"

"说的也是，你的右脚可以自由走路了，好像一点也看不出受伤的样子。我和朋友们已经约好今天晚上要大肆庆祝一番，因为今天是你的生日。"

今天是我的另一个生日。一年前的今天刚好是意外发生的日子，2004年11月9日，是我重要的日子，或是我另一个人生的开始。

"这次到来，我要找回一些东西，可以先送我去一个地方吗？"我对Vivian说。

"你总是古古怪怪的，这点倒没改变，你要我送你到哪里都行。"

"我想回去飞行俱乐部那里，希望能找到飞机坠落的地点。"

"坠机的地点。"Vivian像确认似的问着。

"对，坠机的地点。"我肯定地回答。

"为什么非要到那个地方不可，事情不是已经完结了吗？我想到那个地方就觉得恐怖呢。"

"没关系，我只是想到那儿试图找一些东西。"

"好吧！但听说那次意外以后，整个俱乐部关闭了好一段日子，不知道现在情况如何。"

Vivian开着车，沿着一号公路，驶过一片一望无际的草原，到

第二章　埋藏的宝藏

达俱乐部。我曾经在这里的上空盘旋飞行过不知多少遍，对这里的环境非常熟悉。在哪个点要保持多高的飞行高度，哪里是最佳的切入角，哪处是最佳的降落点，我都记得一清二楚，那些鸟瞰图与坐标都深深地刻在我的记忆里。

我走进俱乐部，可是那儿一个人也没有。在依稀的记忆里，我是在不远处的一片树林坠落的，离跑道大概有十多分钟的路程，于是我朝着起飞的方向走去。我拿出当时报纸的新闻照片，对照出大概的背景。从背景的对照，我想就应该是在附近。走出跑道后，我越过了一条小路，跨过人家的庭院，然后看见一片丛林。那片丛林坐落在山坡的不远处，翠绿的灌木零星地生长着。我心里想，就是在这片丛林坠落的，可是哪里才是坠落点呢？每一处地方看起来都跟照片差不多。

我已经听从你的呼唤到这里来，请你给我一些指引吧。

丛林依旧寂静，只有树叶被风吹发出的声音。天空是那么的蔚蓝，几只老鹰在天空盘旋飞行，享受着温暖的阳光。这时，一只小鸟不知从哪里飞来，停在我面前的树梢上，发出吱吱的叫声。我紧跟在它后面，在一处略宽的草地上，小鸟飞降下来稍事停留，然后它飞走了，就像来的时候。

我环顾四周的环境，突然看见一根白色的木柱，隐约被埋在草丛的一角。我翻开草丛仔细检视木柱，这根白色木柱就是当时用来撑起飞机残骸的支架，跟新闻图片上的大小和形状一模一样，上面还遗留着一些干涸的血渍。

真不敢相信，我真的回到了坠落的地方，心底有种说不出的奇妙感觉。我看着碧蓝的天空，抚摸着柔软的青草，感动得落下泪来。我跪在草地上，感谢宇宙与大地对我的帮助，感谢它们让我重新认识这个世界。我闭着眼睛，侧耳倾听它们的对话。虽然我不懂得它们的语言，但我却明白它们互相传递的讯息，就像它们把我引导到这里来一样。

我躺在草地上，忽然想起那时的问题，那留下或离开的选择。直到这一刻，我还是不懂得回答。

过了不久，我仿佛睡着了。我沿着一条昏暗的通道，走到一扇大门前，大门并没有锁着，门缝透出一线光。我推门进去，赫然发现门内有人，是我自己。那里不止一个我，而是有很多的我。每个我都以不同的形象同时存在着，一个是肌肉发达、孔武有力的我，他双眼充满愤怒，紧握着双拳；另一个是瘦弱的我，年纪大约只有七八岁，他的身体不停地颤抖，瑟缩在房间的一角；其中的一个我戴着眼镜，手上拿着厚厚的书本，像是一个明哲的学者；然后我看见一个叼着香烟的嬉皮，拿着酒杯，露出轻佻的笑容；旁边的我是个头戴假发，手中拿着天秤计算审判的法官；还有一个穿着蓬裙在跳芭蕾的女生，她居然也和我长得一模一样。还有更多更多的我在那里。

而我只是"我们"中的一个，我开始分不清楚哪个是原来的我，哪一个才是真正的我。刚才进来的门已经消失了，我仿佛被困在那里。我感到有点害怕，分不清这是什么空间，怎样才可以离开。这时，有一位老人向我走来，他的眼神充满智慧，面容安详平静。我一时也不知道该如称呼年老的自己，就暂称他为智慧

第二章　埋藏的宝藏

老人吧。

"你可以帮我离开这里吗？"我问智慧老人。

"这里是你的世界，你既没有进来，更不可能离开，因为你不存在于你以外的世界。"智慧老人回答说。

"那我是谁？哪一个才是真正的我？我跟他们有什么分别？"我问。

"你是他们，他们也是你，我也是你。"智慧老人回答。

我一时什么话也说不上来，只是一脸的茫然。

智慧老人说："虽然你离不开你的世界，但是你可以离开这个空间，只要你能回答我的问题。"

"什么样的问题？"

"在你此刻的生命中什么是你最不能承受的？只要你能找出答案，我可以帮你回到原来的地方。"

"此刻生命中最不能承受的？"我思索着。

我最不能失去的是什么？爱情？亲人？健康？还是财富？这全部都非常重要，可是却不是我此刻所不能承受的。我从我所拥有的东西逐一思量，还是找不到答案。

突然间，我看见答案了。

"失去梦想是我最不能承受的。"我回答。

我只检视我希望拥有的，却忘了查看我已经失去的。此刻，我真正需要的是重拾梦想，我不能承受没有梦想的生活。

"我们会再见面。记着我们活在同一个世界，我就是你，你就是我，有需要的时候，你会找到我的。"智慧老人这样说。

生命回旋

然后那扇大门突然出现了，我回头看着许许多多的我，向那里的我道别。离开前，智慧老人特别送了两句话给我，解答了我心中的疑问。

"把我舍弃才有我，个个是我不是我。"我想我懂这话的意思了。

沿着通道回去后，我发现自己躺在草地上。

就在那时，我感觉到有个突起的东西硌到我的掌心。我抬起右手，拨开覆盖在地上的草，看见一小块金属尖角埋在那儿。我找来一根树枝，小心翼翼地把泥土挖开，像在寻宝一样。我惊讶地发现，埋在那里的竟然是我的太阳眼镜，那副我戴着飞行的太阳眼镜！

我把太阳眼镜小心地从泥土里拿出来，其中一边的镜脚撞得有点扭曲变形，但其他的部分还保存得完整无缺，镜片也只是刮花了少许。我把黏在上面的泥土小心清理掉，重新擦亮，把镜脚调回原来的形状，然后再一次戴上它。我没有想过，我从地球的另一端来到这里，找到的宝藏竟然是自己的太阳眼镜，感觉像是上天在跟我开玩笑一样。

当我戴上这副太阳眼镜时，不可思议的事情发生了。我看到了不一样的世界，应该怎么形容呢？周围的事物以一种不同的形态呈现在我眼前。如天上的云，不只是白云，而是代表着天地间的循环。云里有雨水，有河流，有被它滋养的万物。

我被这景象吓呆了，这时，濒临死亡时所听到的声音再度出现。那声音对我说："See things as they are, not they were(不看事物的外表，当下看清事物的本质)。"说完以后，眼前的景象回到原来的面貌。

我摘下太阳眼镜，彻底地检查一次，没找到任何不寻常的地方。但我可以确定一点，刚才见到的绝对不是我的幻想。老鹰与无尾鱼的兆象，叫我到这里来寻回留下的东西，借由小鸟的指引与白木柱的定位，我找到坠机的正确地点。在那片土地之下，我寻回了遗失的太阳眼镜，透过太阳眼镜看见自然万物的本质。然后再一次听到它的声音，那是它给我的宝藏。我衷心说了谢谢，一阵清风吹过，像礼貌地对我响应一样。

我兴奋地拿着太阳眼镜走出丛林，看见Vivian已经等到睡着了。

"怎么了？找到了吗？"Vivian被我的脚步声吵醒了。

"找到了！！"我举起太阳眼镜向Vivian挥动。

"太阳眼镜？？"Vivian眼睛瞪得大大的，以惊讶的表情看着我。

"对！我的宝藏。"我笑着说。

"我以为宝藏都是一些金银珠宝，或是股票、债券之类的东西。你是怎么找到的？？"Vivian边笑边说。

"说来话长。"然后我把整件事情的经过告诉了Vivian。

"啊！你真是一个怪人，总是碰上奇怪的事。"Vivian以不可思议的眼光看着我。

"你的宝藏到底是什么意思？"

"一种心境和视野，我们都习惯戴着有色眼镜看这个世界，只见到事物的表面，却没有看清事物的本质与关系。"我解释道。

"可以比喻说明吗？"

我望向远方的山丘与河流："看山是山，看水是水；看山是水，看水是山；看山有水，看水有山。"

"好了好了，不要再看山水了，再看的话，我要把红灯看成绿灯了。"Vivian说。

没想到这次寻找宝藏的旅程这么顺利，没有经历冒险故事般的惊险与困难。虽然不知道这宝藏对我以后的人生将有着什么样的影响，但我相信这是上天给我的生日礼物。

那天晚上，我与一帮新西兰的朋友，到达当地的一个葡萄庄园举行派对。大家对我的康复与重生都感到十分高兴，我们一面吃着美味的食物，一面品尝庄园自家酿造的葡萄酒。

由于位于南半球的关系，这里刚好进入初夏，晚春温暖滋润的空气飘浮在葡萄园里。我拿着酒杯走进葡萄园，遥想杯中红色液体如何从这土地孕育出来。要让葡萄酿成美酒，一年最少给予1500个小时的阳光，同时必须配合适度的温差与300毫米的雨水，这需要老天的配合；另一方面，土壤必须提供足够的养分与矿物质，使葡萄树能健康地成长，这是大地的恩赐；最后是人对农作物的照料，还有酿酒师的功力，借助这天、地、人的合作，芳醇佳酿于焉而生。这亦是我喜欢葡萄酒的主要原因。

我旋动着酒杯，深深嗅了杯中的香气，浅尝了一口，让葡萄酒游走在口中，珍惜地饮下，喉咙隐约感受到一丝沁凉。这是马尔堡区出色的长相思白葡萄酒，酒色是淡淡的黄青色，散发着百香果与酪梨的香味，当中还夹杂了青苹果与青草的清香。酸度强而有活

第二章 埋藏的宝藏

力，酒精结构丰厚结实，充满热带水果的香甜，在口腔里留下青柠檬的后味。整体平衡与和谐，却能激起热情与憧憬。

"为什么躲在这里发呆，大家都在里面喝得兴高采烈。"Vivian忽然走到我后面。

"只想看看葡萄田而已。"我回答。

"刚才许下什么生日愿望了吗？"Vivian问。

"之前已经许过了，还一口气许了十个之多。第一个愿望已经实现了，就是能再次自由自在地行走。"我把双脚踏在田地里，再一次确认那触感。

"恭喜你！那其余的九个梦想呢？"Vivian问。

"我会逐一实现，其中一个梦想是拿到专业品酒师的资格，我很喜欢葡萄酒，它包含着天、地、人的努力与合作"。

"祝福你！干杯！"Vivian回答。

就这样，我度过了第一个重生的生日，找回了遗失的宝藏。

就在离开酒庄的路上，我看见了另一个兆象。

第三章
星月之矢

派对结束后，我乘着Vivian的敞篷跑车，回到镇上唯一的旅馆，此刻正播放着贝多芬的《c小调第五交响曲》，又名《命运交响曲》。这是贝多芬得知他听力没有任何治愈希望时所写的，同一时间他的恋人亦因为身份背景悬殊而离开了他，这一切使他坠入失望的深渊。面对命运的捉弄，贝多芬没有选择放弃，他奋力地搏斗，拒绝臣服于命运之神脚下。乐章以命运的敲门声作为开端，全曲意志高昂，悲壮震撼。

《命运交响曲》划破新西兰寂静的夜空，这乐曲让我跌进了回忆，一个人孤独地面对无尽的绝望与恐惧。这是第一次，我没有像少年气盛时的我，跟命运搏斗到底。我既没有屈服也没有反抗，我选择了倾听命运的敲门之声。

从前的我总爱向命运挑战，拒绝接受宿命。我相信以自己的能力与努力，能跟命运一较长短，即使输了，也对自己勇于争取感到无悔。在贫乏的先天环境下，我对自己达到的成就感到满足，可是这次意外却不一样。

"在想什么？"Vivian忽然问道。

"刚才喝的那一瓶1972年法国红颜容的红酒。红颜容是波尔多顶级的五大酒庄之一，它的红酒一直被视为艺术般的神之水滴。"

"我知道，可是我感到有点失望。虽然酒的香气闻起来澎湃醇厚，但是口感上却是褪色的光荣，像失去创作灵感的音乐家一样。

第三章　星月之矢

我听说那一年波尔多雨量惊人,大多的葡萄都在没有完全成熟的状况下被采收,所以酿出来的酒,质量都是差强人意。"

"你说得一点也没错,但是我却看到不一样的东西。虽然受到命运之神的捉弄,那一年的葡萄得不到上天的眷顾,可是人却没有因此放弃,相反,为了弥补先天的不足,人发挥了更大的潜力与努力。当然,先天的影响无法磨灭,但是人的部分演绎得精彩。我不认为那是人跟大自然或命运搏斗的成果,我反而感到那是人和宇宙和谐共处、互补不足。"《命运交响曲》在一边应和着。

"就像我需要这次意外发生一样。在我失去身体上难以弥补的东西时,心灵上却获得了无可取代的顿悟。"

我想贝多芬可能也是这样想的,为了弥补听觉上的残障,活出了更精彩的人生,创造出了更美妙的音乐,这不是一种与生命的战斗。当再一次听到这激昂的《命运交响曲》时,我意外地感到生命的和谐。

美妙的音乐回荡在安静的夜里,我抬头仰望,很久没有看过如此清澈的星空了。我被天上的月亮所吸引,它以一种奇妙的姿态呈现在夜空中。今天是农历的十月初八,月亮只露出了左边的弦,那弧状的光环,弯曲的弧度相当大。两颗闪亮的星星横向连成线,并排在月弦的凹底处,整体看起来简直像一支发光的箭头。

"有看见天上的月亮吗?"我问Vivian。

"啊!今天的月亮很特别,配上一闪一闪的星星非常可爱啊!我想到了,像是这一季Channel新推出的以月亮与星星为主题的耳环。怎么啦,你又看到奇怪的东西了吗?"

生命回旋

坠机意外后奇迹康复,重新学习走路及练习跑步。

2009年,香港大学认知心理学博士毕业。

2012年，探索波斯尼亚神秘金字塔遗踪。

2013年，马来西亚新书发表会及全国巡回演讲。

我微笑不语，对我来说，星月之矢是他给我的另一个兆象。这次的寻宝之行，让我走上了寻找灵魂的旅程。看清事物的本质，是旅程的开始，而非终点站。当我开启视野，他必然会指引我方向，引导我找到我的灵魂。

现在的我，像满一岁的小孩。我重新懂了走路，也再次建立了像是生理结构上健全的视觉系统。在活过三十年的岁月以后，以重生的姿态，在一个既熟悉但又陌生的新世界里度过第一个生日。

在过往的三年，每次来到这个国家都只是接受密集的飞行训练，一个又一个的飞行考试，好像从来都没有认真地看过这国家。所以，这一次，我决定以一个单纯游客的心态，重新认识这美丽的小岛。

Vivian开设的服饰店，因为经济不景气的关系，在一个月前关闭了，这是我昨天晚上才知道的事。虽然她不算一个乐观的人，但面对人生的高低起伏却表现得出奇的冷静，我只记得她淡淡地说了一句："C'est la vie（这就是生活），我们都是这样过来的。"

这一个星期里，Vivian当了我的向导，我们开车从北到南环岛一圈，造访了几个有名的酒庄，游历了当地最大的湖泊，参观了毛利人的村落与世界最大的萤火虫洞，但最令我难忘的还是那迷人的海岸，让人打心底里感动。我已经忘了上一次欣赏这样美丽的大自然景色是什么时候。一星期的旅程很快便结束了，在机场的离境大堂里，我拥着Vivian深深地向她道谢。

"下次见面，不知道是什么时候了，好好保重。"Vivian说。

"一定会再见的，因为这里是开始。旅程的终点不知道在哪里，但总会回到原来的地方，就像回家一样。"

第三章　星月之矢

"你总是说些奇怪的话，让人摸不着头绪。如你所说，记得回家就好了。"Vivian的话，让我想到那次意外，出门前母亲对我说过同样的话。

"谢谢，保重。"

在飞机上，我做了一个奇怪的梦。在梦中我回到十岁的我，个子矮小瘦削、有点营养不良的我。当时在小学操场的演讲台上罚站，整个台上就只有我一个人。

戴着黑色胶框眼镜的训导主任，拿着胶尺站在演讲台旁，平常那胶尺是用来体罚学生的。但今天那白色的胶尺在他手里发出异样的光芒，感觉像是巫师手中的魔术杖一样，只要一挥便可将任何东西变成南瓜。但是训导主任并没有把任何学生变成南瓜，他只是用那胶尺指挥着台下的学生，把他们分配进不同的区域。在每一个区域前都有一个卷标，卷标上写着的不是年级、班别或是社团学会，而是不同的职业，如医生、律师、商人、教师、会计师等。每一个学生都按照名单分配到所属的工作单位，就只有我独个儿地被遗留在那里。当全校的学生都被分配完毕后，训导主任转向我，他托了一下眼镜，不耐烦地对我说："你真是一个麻烦的小孩，学习成绩不怎么样，运动潜能也不突出，不只一天到晚惹麻烦，连分配工作也让我头痛。"

我就像等候判刑的囚犯一样，站在刑台上，等待应有的审判结果，全校的老师与学生对我投以好奇的眼光。

"你所属的工作不在我的分配名单内，你现在可以随便选择一个单位，或是一个人留在这儿。"

生命回旋

我从演讲台上走下来，尝试挤进不同的组别里，可是每次都被里面的人阻挡或驱赶，最后我只好再一次回到演讲台上。

"我早就说过，你不属于他们的任何一个单位，你勉强挤进去，也不会被接受的，就像猩猩跑进猴群里，因为你根本不属于他们。

"这里才是你所属之处，你现在所站着的地方。你被赋予的工作是向大家说故事，因为你是说故事的人。"训导主任以期待听故事的眼光望着我。

我的工作是说故事，我是说故事的人。

然后，我站在演讲台上开始说起故事来，我记不起在说什么样的故事，只看到所有的师生都陶醉地听着。我一个接着一个故事不停地说，直到放学的钟声悠悠地响起为止。我醒来的时候，飞机正在广播抵达香港机场，要所有的乘客做好降落的准备。这个梦境徘徊在我脑海里，强烈暗示着什么似的，但我怎么样也弄不清当中跟我的关联性。

回来以后，我做的第一件事，便是到大学的研究生院进行博士班申请。我花了整整一个月的时间编写研究计划书，研究的主题是人类的记忆回溯。重返校园是我十个梦想中的一个，我必须再一次经历学生时代的生活，重新选择我所属的地方，就如同梦中所见的景象。

2006年，新一年的开始，医生对我身体的恢复速度感到惊讶，能于短短一年时间再次走路更是不可思议，但最让他们百思不得其解的，应该是临床与病理的重大医学矛盾。虽然临床表现上我

第三章　星月之矢

与正常人无异,但在病理检测里,我的脚骨呈现无可挽救的结构枯死症状。

我依旧每星期规律性地到医院,进行物理治疗,每两个月做定期外科检查,积极地配合着医生自己也不相信可能痊愈的康复计划。只是每一次会面,医生都是皱着眉头向我宣读同样的报告。

"你受伤的地方,既没有血液的流动,也没有再生的迹象,严格来说,就像没有生命或是枯槁的木头。你应该感到无比的痛楚,以及行动上极大的不复与困难。可是那枯木正以别的方式存活着,以血液以外的管道得到所需的营养。那是医学上不能解释的现象。

"虽然医学报告上,你仍然是一名永久残疾人士,但我选择相信医学以外的可能性。"医生并没有对科学抱有怀疑,只是他相信科学以外,存在着更多未知的东西,就好比外星人一样。

其实,我打从心底里清楚地知道,我确实已经痊愈了。我的踝骨透过特殊的管道,得到自然的滋养而存活、康复。当然,我并没有对医生说出二次催眠与大地之母的事。

可是一致负面的医疗报告,最后也为我带来了工作上的重大转变。我被归类为身体伤残员工,被免除所有机动性的工作任务,改调专责尸体的死因调查。也许管理层认为死人既不能逃跑或反抗,也不会对调查人员构成危险性的攻击,算是纪律部队里最安全的类别吧。

对于突如其来的工作调配,我并没有什么异议,因为像我这种身体伤残的人,在这里是非常不受欢迎的,毕竟这里要的是强悍健壮，而不是行动不便的员工。

　　我很快适应了新的工作，更奇怪的是，我对于死因调查有着莫名的感觉，不知道从何开始，我对于死亡已经没有所谓的恐惧，相反更有着一种熟悉的亲切感。可能是因为那濒临或曾经死亡的经历，让我对它有了新的认识与体会。我想死亡对于大部分的人来说，是一种可怕的失去或是充满未知的痛苦与恐惧，但对我来说是一种生的领悟。只有接受与明白死亡，才能理解生的存在与意义。

　　在调查过程中，我碰过不少的死人，遇过各式各样的死法，遇害的、自杀的、意外的、生病的。有些人坚决地寻死，有些人坚决地在与死神对抗，有些人根本不知道死亡已经降临。

　　生命是无常的，人只能掌握很少的部分。在人类所不能掌控的领域里，我深深感受到人的无力与无助感。但是在大自然的世界里，虽然万物也如人类一样无法掌控死亡，但我却不曾看过它们对死亡感到无力与无助，相反，死亡就像它们生命的一部分。这是我在工作岗位上，感受到人与大自然的其中一个差异，人类虽然能创造比大自然更优越的生活环境与条件，但是大自然中的万物却活得比我们自在。

　　我与死亡的特别联系，是在调查尸体时发现的。由于大部分的死者不是自杀便是丧生于突如其来的意外，在这些死于非命的尸体上，都残留着一种怨念，或说是所谓的负面能量。当怨念太深时，调查人员都会受到影响，有时甚至出现呕吐或晕眩的症状。我看见那残留漂浮在尸体上的怨念，呈现绿色的死亡气息，并不会被风所吹散，都是一种执着的气：意外者执着于生，自杀者执着于死。这

第三章　星月之矢

让我想到坠机时所遇到的选择——那离开与留下的选择。

我发现要消除这种怨气，最有效的方式是以大自然对万物的包容与宽恕，与死者的灵魂对话，让他们回归到大地母亲的爱里。当死者的灵魂愿意放弃那执着时，身上的怨气便慢慢地瓦解，消散为不同的成分：黄色的气回到大地，黑色的气回到河流，红色的气回到太阳，最后白色的气回到天空。当四种气都瓦解之后，透明的灵便回到无尽的宇宙空间去。我除了调查死因之外，还处理这些执着的灵魂。

2006年5月，夏天还未到来的时候，我再一次重返了校园修读心理学的博士课程。虽然我是在职生，但对于再次当上学生，我有说不出的兴奋。我还记得12年前，当我第一天踏进这所大学，也是带着同样兴奋的心情，感觉像是再一次实现了对校园生活的憧憬。

回想起来以前上课的时候，不是在课堂上打瞌睡，便是常逃学到电影院或咖啡店，印象中就只有毕业前的一年比较认真念书。没想到现在年纪大了，才想认认真真地上课，这与其说是对知识的追求，倒不如说是弥补过去的错失。可惜由于工作的关系，我实际能待在学校的时间非常有限，即便是那些必修课程，我亦只有不足三分之二的出席率，一面读书一面工作，好像比我想象的困难，对于我的迟到与缺课，教授与同学们已经习以为常。

2007年1月，下半学期开课的第一天，我看看手表，时针指着2时15分，我喘着气疾步走往八号教室，以不让人察觉的力道轻轻地推开教室的门，屏着气不发出脚步声，悄悄地坐在门旁的最后一排座位上。那边坐了一个女生，"她"好像是博士班的同学，我曾经在某个课堂上看见过"她",但怎么也想不起"她"的名字。

"她"非常纤瘦,身材高挑,身高几乎跟我差不多,即使坐着也让人看得见的高度。"她"的五官与轮廓虽然标致,与其说是女人的娇媚,倒不如说像是俊美的少年。"她"身上散发着一股英气,一头短发,穿着浅色的毛衣与迷你短裙,露出一双非常修长的腿。

"她"以不标准的广东话对我说:"第一堂课赶来上,辛苦了。"

"刚刚发生了一宗罕见的海上事故,一名船员坠进海里失踪了,被寻获时已经完全没有呼吸了,但是他的一条腿不见了,膝盖以下的地方被整齐地切断,现在还在调查中。"

"你们的海港像是漂亮的糖衣。""她"回应道。

在差不多要下课的时候,教授要求我们把所有笔记和书本收好,然后每人发了一份试题,宣布在这一学年,每次课堂完结前都会有一个随堂测验。如果有两次以上的不合格,便需要重新修读这门统计学科。

心理学一直是我所归属的领域,轻松自在悠游其中,一直保持着优异的成绩。可是统计学对我来说,像是我不曾到过的荒芜沙漠,行走在热烫的沙子里,以蹒跚的步伐漫无方向地前进着。

我望着那份试卷,一题一题地往下看,找不到可以下笔的地方。当我正在发呆的时候,身旁的女生将答案移到靠近我的一侧。

"不要被抓到啊。""她"轻轻的声音像是对自己说的。

虽然我不算是一个诚实的学生,但考试作弊好像已是小学时代的事了,为什么作弊已经记不起来,可能也是同样害怕留级也说不定,毕竟人生的际遇总是以不同形式重复着的。

第三章 星月之矢

下课后,为了向身旁的女生道谢,我特意邀请"她"到大学对面的一家茶馆喝茶。这是我十分喜爱的一家店,店内的装潢以传统中国宅院为主调,配以沉实雅致的木材家具,塑造出一种典雅古朴的味道。墙边的木架子上摆放了各种烧水、泡茶的器具,最吸引我注意的是那些不同材质和形状的茶壶,有紫砂、陶泥、白瓷和岩矿壶等,有如一个小型的茶艺博物馆。

　　我们选了靠窗户的一张桌子坐下,阳光透过窗旁的竹篱隐约地照射进来,有一种身处于竹林间的清新感觉。

　　"自从离开家以后,已经很久没有好好泡茶了。今天让我来好吗?""没想到你也喜欢泡茶,交给你了。"

　　"她"从木架子上挑选了茶具,有条不紊地排列在桌子上。服务生小心地把红砖炭炉端来,里面的木炭已经烧得通红,在炭炉的四周也可感到一阵温暖。"她"把水轻注进玻璃水壶内,放在炭炉上烹煮。

　　"带有轻微酸度与丰富矿物质的山泉水,最适合用来泡茶,可以有效带出茶的活性。""她"看着烧壶里的水说。

　　"就如陆羽在《茶经》中所说:器为茶之父,水为茶之母。水孕育着茶的生命。"我也很喜欢烧水的过程,倾听着煮水的声音,欣赏着冒出来的水蒸气和聚结成球的小气泡,幻想着天上的云如何变成壶里的水。

　　在等待煮水的时候,"她"把泡茶的器具逐一摆放在茶盘上。盘的上方放着一个紫砂茶隔,左方是一个玻璃茶海,而右方则是一个青花白瓷盖碗,恰巧排列成了品茶的"品"字模样。下方的茶荷

生命回旋

上放了"她"特别挑选的茶叶,翠绿清香。

"她"在盖碗内注入煮沸的水,以利落的手法逆时针浇上一圈,将盖子轻轻盖上,透过茶隔把沸水倒进茶海里。然后"她"把茶海的水均匀地倒进两人的茶杯,轻摇茶夹让沸水在杯里旋动一圈倒掉,以娴熟的手法完成了整个清洗温具的过程。

接着,"她"把茶荷中的茶叶放进盖碗,以熟练的手法将沸水倾注碗内,水的分量刚好是盖碗的七分。蜷曲的茶叶迅速伸展开来,释放出蜜绿的汤色与迷人的香气。

此刻,我们都静下心来,诚心诚意地等待着茶叶从睡梦中苏醒,再一次展现它原来的美,那阳光与大地的精华都在这十多秒间尽数绽放。

"她"冲茶的手法灵巧优雅,倒茶时沉壶提手,动作畅顺自然。纤长的手指微微弯曲上扬,在光影的映照下呈现出优美的神韵。蜜绿的茶汤从碗的边缘轻泻流出,清扬芬芳的茶香缈缈飘起。水出以后,碗内残存的茶汤随"她"高低起伏的手部动作,点点洒落,轻柔地滴下。我沉醉地欣赏着"她"舞动般的泡茶手法。

"你泡茶的动作十分优美,让我回想起曾经见过的一个景象。"我赞赏地说。

"什么样的景象?"她问。

"我曾经看过一只火凤凰,刚才我像看见那只凤凰对着我点头微笑。"

"凤凰三点头,敬你这位朋友。"她笑着说。

我用心地品尝杯中的茶。这茶带有清纯甘甜的花香,香气久久

第三章　星月之矢

不散。喝下去时，口感顺滑厚重，喉韵甘醇，回甘韵味尤其悠长，是同时具备色、香、味的好茶。这茶就像一位亭亭玉立的美女，带有高挑的身形与甜美的笑容。这茶具有丰富的果胶质与香味的特性，我猜这是台湾的梨山高山茶。

"你好像也很喜欢泡茶。"她说。

"泡茶时让我找到生活的感觉，在烧水、冲泡、品茗的过程中，我找回原来的生活节奏，回到活着的当下。所以泡茶对我来说除了是生活美学外，更是一种回归自我的仪式。"

"就像茶禅一样。"

"对了，还不知道你是哪里人？"

"我跟这梨山高山茶一样，也是从台湾来的。"

之后，我们一面喝茶，一面谈了许多自己的故事，分享着各自对生活的想法与感觉。

在下半学期的第一个上课日，我认识了她，被她独特的气质深深地吸引着。这是我们交往的开始。

第四章
太阳的影子

意外发生前，我总觉得人生像游乐场里的旋转木马，我们的现在不断重复着过去，未来将成为现在，过去转一圈后变成未来。虽然人物与场景不断在转换，但所经历的事，从本质与意义上看只是不断地重复。我们其实哪里也去不了，生命好像只是无意义地重复着，像被牢牢钉在转盘上的木马一样。

我想大部分生活在这个都市的人，或多或少都渴望离开或改变现在的生活状态，更贴切地说是被赋予的命运，因为命运这东西，是在没有任何商量或选择的情况下分配的。有些人一出生便一帆风顺，从学业到工作，都被最好的安排与规划推进着；有些人却一出生便落入深渊，在破碎的家庭被贫穷与疾病所环绕着。所谓的命运，是既定的安排，也是不可异议的事实。

或许不同的宗教，对于命运有不同的见解，有的说是神对人的试炼，也有的说是前世的因果，但不论哪种说法，都好像只在给予人类一个安慰与解释，因为我们难以接受生命是无常的，命运只不过是一种随机现象。

前世也许是存在的，我们的基因里，记载了人类的整个历史，酝酿着我们过去的记忆。但那终究是过去，是不能改变的事实。就算明白了从前作了多少恶，或是行了多少善，也只是对现在的遭遇提出一个合理化的解释而已。把所有的责任归咎于不能改变的前世，好像对生活的实质作用没有多大的意义。

第四章　太阳的影子

至于说到来世或是死后的世界，也许也是真的，只是一般人根本无法体验、证明。现世的努力换来下世的回报，这种单纯的相信违反了现代的经济价值观，无法验证的因果信念，在人类脆弱的时候，特别容易动摇。

　　所以，我不寻找前世的原因，也不考虑后世的结果，我只希望活在这一刻，活在这个当下，这就是我所关心的全部。

　　不可否认，有些幸运的人，出生在命运线比较优越的位置，拥有比别人多的资源与助力，但那不是成就而是起点，比不幸运的人拥有一个较高的起点而已。其实不管落在哪片土地，只有真正透过自己的努力，吸取土壤的营养与水分，争取天上阳光的照耀，使自己茁壮成长，才是人生的成就。在贫瘠的土地上长大的野草，比肥沃土地上的鲜花更能体验生命的意义，那是生命真正在发光发热。所以我学会不在乎生命的起点，因为那是不能改变的随机事实。相反，学会用心生活，享受生命，那才是人生最重要的成就。人生就像品酒一样，倘若不曾亲吻大地，体会农夫的辛劳，感受大自然的无常，即使让你品尝顶级的葡萄酒，又如何能够享受与欣赏那更深层的香气与美味？

　　意外发生以后，我有好一段时间躺在医院里动弹不得，每次想到自己从人生的高峰摔下，掉进无尽的痛苦之中，面对不能康复的未来，我总会问："为什么是我？"原来从天堂掉进地狱只在一瞬间，就是那短短的几秒钟而已，我的命运被这个意外彻底改变。当我不停地在想有关命运这回事时，我在医院里做了一个奇怪的梦……

情境是一个儿童游乐场，但那里没有其他的游戏，在游乐场的中央，竖立着一个巨大的摩天轮，摩天轮的直径约两层楼高，不停地缓慢转动着，上头一个一个金属的车厢悬着五光十色的霓虹灯泡，把整个游乐场都照亮了。我看见一条长长的人龙，从入口处一直延伸到游乐场的后方，有男有女，有老有少，整齐笔直地排着队，等候登上摩天轮。奇怪的是，我只看见游人逐一登上摩天轮，但下来的车厢却是空着的，我不知道那些人被送到什么地方去了，好像在转动的途中便消失了。

我独自站在那里，所有人都是守规则地排着队，就好像只有我不协调地错置在一旁。我走到一个中年男子身旁，问他有关摩天轮的事，可是他低着头没有理会我，只是默默地缓慢向前走着，这时我才赫然发现，刚才那个男人的背后插着一把利刀，鲜血从他的伤口流出，把背部的衬衫染红了一大片。后面的小女孩穿着洁白的医生的长袍，但在胸口的位置上被挖了一个深深的大洞，我清楚地看见她的心脏已经停止跳动了。其他的人也一样，有颈部缠着绳子的，有全身湿透的，充满了各式各样的死法，各种结束生命的人。原来那里不是游乐场，而是人死后的异域。

我不知道为何会来到这个空间，但是我一点也不害怕，好奇心更让我大胆起来。我顺着人龙走到摩天轮的入口处，那里站着一个穿黑衣的管理员，面色显得异常的苍白，他的工作是让失去生命的人逐一登上摩天轮的车厢，确保车门关上，使车厢能够安全地离开。他的手法利落，没有任何多余的动作，仿佛天生就是从事这个工作一样。

第四章　太阳的影子

他朝我看了一眼，讶异地瞪着我。

"你看得见我吗？"我尝试着问。

"那当然。难道你以为我的眼睛是装饰用的吗？"

"这里是什么地方？那些死去的人为何要登上摩天轮？他们要到哪里去？"我一连问了好几个问题。

"这不是你来的地方，你是怎么闯进来的？"他完全没有理会我的问题。

"我也不知道。我遇到严重的意外，身体受了重伤，现在正躺在医院的病床上。但是我没有死，我应该是在睡觉的时候，跑到这里来的，我在做梦。"

"这种情况虽然罕见，但偶尔也会发生，你梦中的磁场碰巧与这里的磁场重叠，只是绝大部分误闯进这个空间的人，都会把眼前发生的景象当作是噩梦一场，很少像你这样在梦中仍拥有清晰自由的意识，这是非常有趣的本领。"

"那你可以告诉我有关这摩天轮的事吗？"

"这不是什么游乐场的摩天轮，这里是人死后来到的地方。巨轮亮着耀眼的灯光像是漆黑海上的灯塔，给死人指引方向，把他们引导到这里来。至于巨轮，它是把死人送到不同地方重生的工具。"

"意思是，我们死后都被召唤到这个地方来，乘着那巨轮，在别的地方再重新活过来，就像所谓的轮回。"我说。

"既没有生，也没有死，只是一个循环的过程而已。"管理员回答道。

"那循环什么时候后会完结呢？为什么要一直这样轮回再生？"

"当所有的智慧开启后，轮回便会终止。所谓送往不同的地方，其实是指不同的人生，就像游乐场里有不同的机动游戏一样。要彻底了解整个游乐场是怎么一回事，就必须亲身体验每一个游戏。由于每个游戏性质不同，因而获得的乐趣也不一样。"

"所以没有好跟坏的人生，只有不同性质的人生，因为所受到的考验不同，所以获得的智慧也不一样。"

管理员大力地点头，表示没有比这更体贴的形容。

"如果这一生没有顺利通过，将会再一次被送回同样性质的人生，被赋予不一样的身份，经历不一样的际遇，但其实性质是相同的。只有真正领略到个中的意义，循环才会停止。"

"就像旋转木马。"我说。

"非常有趣的比喻。"

"那么我们要经历多少不同的人生，所有的智慧才会被打开呢？"

"一切的答案都在这转动的巨轮上。"管理员直指着摩天轮说。

我看着巨轮，旋转速度不停地加快，最后变成一个发光的金球，那是夜空中的月亮。

我醒来时，四周一片寂静，时钟指着12时整。我躺在病床上透过窗户看见清澈的夜空，刚好那是一个满月的夜晚。

只要看见满月的夜晚，我都会想起那旋转的巨轮，总觉得在月光的背后，埋藏了许多有关轮回的秘密，我开始被月亮深深地吸引。

第四章　太阳的影子

自从寻访隐世高人，学会了与大地连接以后，借用大自然的力量，我的身体起了微妙的变化。不只是我的脚伤得到痊愈，整个身体系统也像重新整理过一样。

随着岁月的流逝，我们的身体好比长年使用的老旧汽车，因缺乏适当的保养与清理，各个零件都积聚了难缠的油污与顽固的铁锈，齿轮不再顺畅运转，活塞亦不时发出声响与震颤。但被大自然的力量清洗、灌溉后，长久积聚的污垢被清除，身体每个细胞、每个关节重新得到润滑，不但身体变得轻松，能量亦能自由地流动。

刚开始的时候，能量流动就像干涸已久的石涧，被高山上初融的雪水所润湿，感觉一阵清凉。当融化的雪水聚积到某种程度以后，开始流动起来，可是当经过某些狭隘的信道时，方向变得混乱，水流被窒碍了。

体会到能量在身体里流动只是第一步，接着便是要学习如何引导与掌握那流向。智慧老人曾经对我说过，意识是掌管控制我们外在身体，处理外界事务的中枢系统，而真正主导我们内心思想与体内运作的是深层的潜意识。只要能控制潜意识，我们的智慧与潜能便得以打开，那里有无限的资源与自愈能力得以应用。所以要主导那能量的流向，得从潜意识的层面着手。

催眠让我明白，其实潜意识是可以通过意念运作的，只要把显意识调降在极度放松的状态，减低外在世界的干预，让注意力专注在我们的内在意识，透过意念便可以跟身体与内心沟通。

我学会了进入这几乎催眠的禅定状态，通过意念引导那能量的流动，把混乱的部分理顺，把淤塞的地方打通，让能量集中在想到达的地方。我就像是生命之流中的一名领航员。

宇宙大地与奇妙的地方，在于那生生不息的规律，万物虽是生死有时，但其循环却是无始无终的。我发现大地之气或是宇宙能量亦是如此，只在不停地转化与循环，只要你明白整个宇宙皆为一体。

但在治疗的期间，我了解到有关能量属性的差异，或是说能量具有不同的时间性。简单来说，所有能量都是源自太阳，但因为地球的自转与公转运动，使阳光照射地球的角度与距离产生了差异，造成日夜交替，四季转移轮转。这种微妙的磁场变化，让大地的能量展现出不一样的性质。

从比较宏观的角度看，这种能量周期对自然界产生了直接的作用，形成了整个生态系统的规律。就像是春天的时候，太阳温柔地照射在大地上，这种孕育性的能量，唤醒沉睡着的生命，启动了生命的周期。夏天来到时，阳光炽热地照耀着，丰富的能量促使万物快速成长。秋高气爽，金黄色的阳光推动着能量的转化，万物开始蓄积收藏。寒冬来临时，微微的阳光，在维持着生命的同时，让万物得以休养生息。

即使同一天里，大地的能量也同样展现着微妙的性质差异，这是我在一次散步时明白的。

"校园的夜晚总是带着一份不真实的宁静。"我牵着"她"的手沿着研究生院的山边小径，慢慢走到大学的校本部，我们喜欢晚上在校园里散步。

"可能是学校的那道隐形围墙，让尚未准备好走进社会的学生们，得以庇护安身。"

第四章　太阳的影子

"她"的话让我想到将要离开母亲的幼狮,有一天得被迫接受大自然的残酷与杀戮。

"或许离开时,谁都没有充分准备过。"我回想到大学刚毕业的时候。

我们一面说着,一面走到荷花池旁,时间刚好是午夜,那是一个满月的晚上。

"为什么要在这个时间特地到荷花池来?"我们并肩坐在池旁的木椅上。

"静心地等待。""她"指着水池上的睡莲。

满盈的月光映照在荷塘上,显得特别优雅美丽,银色的光衬托着青蛙的叫声,形成了多种感官上的美。就在这时,我看到了睡莲慢慢都绽放,紫蓝色的花瓣向外慢慢张开,像对着天上的月亮微笑一样。

"等待晚上盛放的睡莲。"我被眼前的景象所感动着。

"大概是受到月亮的呼唤,吸收了月亮的能量而盛放的。"

"太阳的影子。"我看着月亮说。

"就如你喜欢的向日葵,为太阳的能量所吸引,总会找到太阳的方向。""她"暗示着什么。

"我想这是我在寻找的,太阳影子的能量。"

那天晚上,我从荷塘里摘了一朵睡莲回家。

我独自走到天台上,坐在看得见月亮的地方。通过自我催眠,慢慢进入禅定的状态,与手中的睡莲相连接。通过睡莲,我能感受到月亮的能量,理解它的性质与属性。

白天的太阳带着一种阳刚之气，日光从正面照射到大地上，以强烈穿透性的能量，洗刷万物，打通阻塞的气场，让身体的元气得以自由流动。相反，太阳以影子的姿态呈现在夜空，透过月亮这面镜子，把能量反射到大地上。由于月亮磁场的关系，高频的阳光被柔化，转变成一种金紫色的月亮之气。这阴柔的月亮之气，具有调息与平衡的作用，让大自然万物得以休养生息，修复自愈。

我睁开眼睛，看到手中的睡莲比之前更灿烂，而我的双手此刻正泛着金紫色的光晕。

第四章　太阳的影子

虽然万物也如人类一样无法掌控死亡,但我却不曾看过它们对死亡感到无力与无助,相反,死亡就像它们生命的一部分。

第五章
13根芦苇

往后的一年，我度过了一段平静但写意的日子。这段时间，我完成了几个当时许下的愿望。每个星期天的早上，提着萨克斯到音乐老师家里上课，变成了我最喜欢的假日休闲习惯。虽然不是专业水平，但能吹奏自己喜欢的音乐，为我带来一种莫名的感动。黄昏的拉丁舞课，变成了我和"她"固定的约会。透过舞蹈的互动，我们倾听着彼此的心意，传递着爱的讯息。夏天到来时，潜入蔚蓝的海洋；冬天来临时，登上雪白的山峰。我再一次看见了大自然的美丽与生命的和谐。

10月，已踏进秋分的一个早晨，阳光从窗帘的细缝照射进屋里。我被窗外传来的阵阵声响吵醒了，好像有什么东西不断拍打在窗户上，拍出奇怪的节奏。我拉开窗帘，看见一只大黑鸟站在窗台上，全身披着乌黑的羽毛，拥有像锥子一样坚硬的尖喙。最特别的是大黑鸟的眼睛，那深邃而明亮的眼珠，像能把所有景物毫不留情地收摄进它的眼底黑洞里去。它以奇怪的眼神看着我，嘴巴发出异常低沉的叫声。在没有预告的情况下，突然张开翅膀飞走了。我探头寻找它的踪影，那是一个天朗气清的早晨，万里无云，能看得见遥远的天空，可是却找不着任何鸟的影子。

谜一样的大黑鸟，在窗台上留下了一根芦苇，我把那根芦苇从窗台上捡了起来。下班回家后，我将芦苇拿出来静静端详，那晚是个满月的夜，在月光照射下，那芦苇显得格外的金黄明亮。

第五章　13根芦苇

往后几天的早上，大黑鸟同样在差不多七时一刻的时候，飞到我的窗台上。每次都发出低沉的叫声后便离开了。有趣的是，它每次都给我带来一根芦苇，简直就像受雇的报童一样，每天沿着相同的路线，给订户派发早报。

可是大黑鸟来了13天以后，便没有再出现了。在它带给我13根芦苇以后，便无声无息地消失了。

我拿着那13根芦苇走到天台上，思考着当中隐藏的意思，可是不论怎么联想，也猜不出丝毫的意义来。我闭上眼睛躺在水泥长板上，不知不觉睡着了。

我醒来的时候已经是深夜，四周漆黑一片，但天上的星星却显得格外明亮。这是个弦月夜，弯弯的月亮就只剩下那一点点的光晕。就在这时，一只飞鸟从天上飞降到栏杆上头，那是之前每天到访的大黑鸟，我深深记得它那双乌溜溜的眼睛，能够收摄灵魂的眼睛。

我看着它，问它有关芦苇的事情。

"那是一个周期，周而复始，从远古时代便展开的生命周期。"它像能阅读我的思想，并以眼神直接跟我的大脑对话。

"跟生命有关的周期？"我重复着。

"还记得那摩天轮吗？"

"你怎么会知道摩天轮的事？那发生在我的梦里面。"

"因为你现在正在梦中，所以我知道那摩天轮。"这时我才明白，我根本还没有醒过来，我一直都在睡梦中。

"跟那摩天轮有关的生命周期？你是指生命的轮回？透过不同

生命回旋

的人生，开启人类所有的智慧。"大黑鸟默不作声，表示同意。

"生命现象与宇宙能量息息相关，宇宙能量连接了生命的奥妙与智慧，只要找到钥匙，你便能开启生命之门。"大黑鸟说罢，便展开宽大的翅膀，飞到天上去了。

"只要能找到那生命之钥。"我喃喃地说着。

我真正醒来的时候，天上也是挂着与梦中相同的一弯新月。

翌日下午，我约了"她"到大学的星巴克咖啡，我告诉她有关那13根芦苇与大黑鸟梦境的事。

"很有趣啊，13。""她"的眼睛闪烁着光芒，好像找到糖果的小孩一样。

"与13有关的生命周期，让我想到玛雅的卓尔金历。以13为循环，每个日期皆依序标上1到13的数字，接着又从1重新开始算起，配合20个日名，一年共有260天。至于与13有关的宇宙能量，远古的玛雅人以真人比例打造了13个水晶头骨模型，以当时的解剖学知识与工艺打磨技巧，那是不可能办到的。""她"说。

"传说在这水晶头颅里，隐藏了远古的文明及所有人类的智慧，当13颗水晶头颅汇集在一起时，所有的智慧将被开启，生死之谜与宇宙起源将得到解答。旧世界将得到净化，进而转化到新的世界、新的纪元。""她"继续解释着。

"所以那13根芦苇也许跟传说中的13颗水晶头颅一样，都是暗示着生命的钥匙。"我说。

"虽然只是传说，但那当中好像存在着某种相同性质的暗示。"

"真希望有一天，我们可以一起到中美洲探险，看看玛雅族人

第五章　13根芦苇

的遗迹。"

"我也是想着同样的事。""她"笑着说。

我们点了续杯的咖啡，各自翻阅着手上的书籍。我随手从阅览架上拿起一本旅游杂志，封面的专辑讲述是埃及的金字塔。我曾经以自助游形式到过埃及两次，亲眼看见沙漠上的金字塔，以当时的建筑技术，能达到这样宏伟和完美的几何设计及黄金比率，真是不得不让人惊叹的古文明的智慧，相比起现代科技，我们好像没有进步多少。

除了金字塔，杂志内文还介绍了卢克索与亚斯旺等地的神庙，我被当中的一张照片吸引着，照片是在一个古老的神庙大门前拍摄的，大门外站着一个年老的阿拉伯人，皮肤晒得黝黑，身上穿着白色的长袍，缠着层层的白色头巾。与那袭白衣形成强烈的对比的，却是脸上一对漆黑的眼睛，一双感觉似曾相识的眼睛。守门的阿拉伯人面无表情地站在门前，手里拿着一根高度及腰的手杖，那手杖看起来有点像一个十字架，但上方却有一个椭圆形的环。

照片的下方这样写着："谜一样的守门者手持钥匙，开启通往永生的大门。"

看到这张照片后，我想到多年前在埃及买回来的一幅画，一幅画在芦苇草上的画。

我把照片给"她"看，并告诉她有关芦苇画的事。"真是巧合，也许在画里能找到一些线索也不一定。"

回到家后，我把收藏旅游纪念品的箱子翻出来。多年来的游历，留下来的便是这箱收藏品，有从不同地方收集回来的石头，几

生命回旋

瓶盛满沙的玻璃瓶子，和各式各样的民族手工艺品。我在当中找到了一卷画卷，那是大学毕业旅行时买回来的。

那一年夏天，是毕业前的最后一个暑假。我进大学的时候就计划了在毕业前的最后一个暑假，进行长达两个月的背包客旅行，作为大学的毕业礼。

从大学的第三年开始，我便拼命地当家教，做其他兼职，好不容易才存够了2万元港币的旅费。我买了最便宜的机票，经过两次转机，终于抵达了我的第一站——法国。我乘着火车，背着十多公斤重的背包，走遍了欧洲各国，而我的最后一站便是埃及。

埃及是一个充满神秘色彩的国家，我从小便被它的种种古老传说深深吸引着，我渴望能站在沙漠观看谜一样的金字塔，让狮身人面像作为毕业的见证。所以我选择了埃及作为整个毕业之旅的终点站。

我依稀记得，在其中一个神庙旁边，我碰到一个卖旅游纪念品的商贩，他是一个长满胡子的阿拉伯老人。身上也是穿着传统的白色长袍。他把我叫住，向我展示了一些芦苇画，都是描述埃及传说故事的图画。我觉得非常特别，买下了其中一幅，一直收藏在箱子里，这么多年来，一次也没有打开来看过。

芦苇画是埃及相当有名的一种手工彩绘，当地人把新鲜的芦苇蒸煮之后，将芦苇剖成狭长的薄片，放于水中浸泡约一个星期，把水分彻底挤压并晒干，再以传统的方法排列编织，最后经过压制等工序，才变成一张张的画纸。画师以鲜艳的颜料，把古埃及文明与传说描绘在芦苇纸上。这些芦苇画能长时间存放而不会霉坏，是当

第五章　13根芦苇

地重要的文化遗产。

我将画卷打开，画中描绘的是古埃及神话中的智慧之神图特，鹭首人身，他一手拿着象征生命的钥匙，另一手持着魔法之书。传说书中记录了神的种种咒法，足以支配天地宇宙间所有的自然力量。图特拥有所有智慧，亦被称为医药与月亮的守护者。

在图特身后，立着一个巨大的天秤，天秤一端放着死者的心脏，另一端放着正义女神玛特的真实之羽，如果死者的心脏比真实之羽重，则代表死者内心有许多的黑暗，在旁边的狼首怪兽阿米特便会把心脏吞食，死者因而无法得到永生，这是埃及著名的大审判。

"智慧之神，生命之钥，咒法之书，月亮守护者，和那最后的审判。"当中到底跟我有着什么样的关联呢？

新年结束以后，我一直忙着做研究，除了上班，差不多所有的时间都待在实验室里。我的研究主要是关于目击证人的记忆，硕士论文写的是催眠技巧在记忆回溯上的应用，现在的博士论文则是有关辨认嫌疑犯面孔的记忆。我对于人类的记忆，从小便怀着一份莫名的好奇感。

我们的记忆就像一部功能卓越的录像机，能把所有知觉上的讯息，一件不落地记录下来。但只有那些对实质生活有价值的东西，才被带进意识层面上赋予认知，其余的部分则被过滤掉，放进不知名的庞大储存库去。至于遗忘，只是一种潜意识的保护机制，把曾经知觉的事情隐藏在寻找不到的地方，所以本来就没有遗忘这回事。但这也不代表记忆一定准确，记忆有时也会受到干扰，被放在错误的位置，或与不相关的东西纠结在一起。潜意识更可以在某些特殊的情况下，捏造一些不真实的记忆，混乱我们的系统。至于所谓的前世记忆，有更复杂的深层象征意义，与遗传基因上的记忆交相呼应。而我研究的是证人目击罪案时所留下的记忆。

博士课程是一个既漫长又孤独的学习历程，每个博士生都只专注在自己研究的细微领域里，各自躲在实验室，从早到晚孤独地工作，既没有同学与你分享研究成果，也不会有谁跟你分担过程中的失败和挫折。在这段艰辛的日子里，幸好有"她"在，她给予了我不少心灵上的安慰与支持。

"数据分析得怎么样？""她"跟我在校园的星巴克里喝着咖啡。

"差不多完成了，结果很理想。你的问卷调查进行得如何？"我说。

"也算顺利，看来我们可以喘口气休息一阵子了。"

"我很想出外走走，每天对着实验室的四面墙壁，这样下去迟早会变成科学怪人。"

"没关系，你本来就是怪咖。怎么最近都没有听你说有关月亮的事情了？上次的谜底解开了吗？""她"问。

"最近做月禅的时候，觉得有不完全的地方。虽然现在对于能量的感应比以前强很多了，意念的运用也可以控制自如，但是总感觉当中欠缺了些什么似的。"

"跟上次的启示有关吗？"

"我的直觉告诉我，我像欠缺了手中的那把钥匙，我必须把它

第五章 13根芦苇

找回。"我看着自己的一双手。

"是什么样的钥匙，在哪里可以找到？"

"我也在等待着。"

一个月后，我收到一个特别的邀请。"她"有一位朋友Emma，是香港台湾妇女协会的会长。她从台湾来香港经商已经20年了，Emma非常热心公益，常常到处帮助有需要的人，她看见"她"独自一人在香港读书，对"她"特别照顾，时间久了，她们变成了好朋友。

Emma对于宗教与灵性的追求不遗余力，早前她听说有位仁波切，希望在青藏高原建立第一所佛学院，她便义不容辞地捐献了一笔为数可观的经费。佛学院兴建在青海省的玉树，那是藏传佛教一个重要的发源地。经过了四年建设，佛学院总算有了初步的形貌。仁波切为了对捐赠者的善行表示深切的感谢，特意安排了佛学院的参观行程，顺道参加当地盛大的祭山大典与祈福法会，之后更会转往西藏拉萨，亲身讲述藏传佛教的历史与文化。

"你7月初有空吗？有没有兴趣到青海与西藏？""她"这样问我。

"Emma想邀请我们一起去参观佛学院的建造工程。我有高原反应，不能到高海拔的地方。""她"说。

听到"她"这样说时，我脑海中忽然闪过那幅芦苇画的影像，智慧之神图特手持生命之钥与魔法之书主持死后的审判。那种强烈的象征意义，好像在暗示着什么似的。

"那应该是我要到的地方。"

"什么意思？"

"在那里，我相信可以找回遗失的东西，我的钥匙。"

"你总是说些古怪的话。"

两个星期后，我带着简便的行李，飞抵青藏高原，开始了奇妙的旅程。

第五章　13根芦苇

其实不管落在哪片土地，只有真正透过自己的努力，吸取土壤的营养与水分，争取天上阳光的照耀，使自己茁壮成长，才是人生的成就。在贫瘠的土地上长大的野草，比肥沃土地上的鲜花更能体验生命的意义，那是生命真正在发光发热。

第六章
智慧之钥

2009年7月11日，中国青海省西宁市。

走出机场，便有两位穿着红色僧袍的喇嘛前来迎接我。一个高大壮实，一个矮小瘦削，但皮肤都晒得黝黑。他们虽然不带笑容，但以非常友善的表情，双手合十。高个子的那位喇嘛将一条雪白的哈达挂在我的脖子上，以表示欢迎与敬意。

我也双手合十，点头微笑，以表示感谢。他们以手势示意我跟着他们，在路旁登上了一辆预先安排的出租车。出租车看起来有点破旧，椅子下的弹簧已经失去了弹性，马达发出奇怪的声音，整个车子有点不寻常的颤动。

司机看起来像是已汉化的西藏人，衣服打扮与城市人无异，途中谁也没说过一句话，司机安静地开着车，两位喇嘛也默默地坐着，而我则欣赏着窗外的风景。

西宁位处海拔2300米的地方，属于高原性气候，即使是盛夏，气温也异常的清凉。这里空气虽然比较稀薄，但由于没有污染，仿佛能吸收到更多的氧气。我现在才明白，我生活的地方空气有多糟糕。

车子大概开了30分钟，我们便到达旅馆门外。下车后，喇嘛把我带到旅馆大厅的中央，那里有大约30人聚集在一起，他们看起来像是旅行团的团员，一起听着导游的讲解。

我们朝人群走去，看见站在中间的不是导游，是一位穿着僧袍

第六章　智慧之钥

的年轻喇嘛。他看起来约30出头，架着一副无框眼镜，面容非常祥和，但皮肤比之前的两位喇嘛白净得多。

"这位是仁波切。"高大的喇嘛以不太纯正的普通话向我介绍。

原来围着仁波切的是从世界各地抵达的信徒，来自中国不同的地方，也有从日本、新加坡和美国来的，简直就像一个小型联合国旅行团。

没有想到Emma口中的转世活佛这么年轻，我还以为他是一位年老严肃的隐世高僧。

我们先到旅馆二楼的餐厅用膳，席间仁波切做了简短的自我介绍。他大概两三岁时便被验证为转世活佛，从小在寺庙长大，后来到印度著名的哲蚌寺学习，拿到了"格西"（注：佛学博士之意）的成就。他的宏愿是要在青藏高原兴建第一所佛学院，据说那也是他上一世未完的使命。

这次行程的安排也颇富心思，我们先在西宁安顿三天，让身体习惯高原气候。期间会到青海湖与藏传佛教圣地之一的塔尔寺参观。然后乘越野吉普车进入玉树，参加当地的祭山大典与见证兴建中的佛学院，最后再乘飞机到西藏拉萨，参观著名的大昭寺与布达拉宫。

第二天早上，我们游毕美丽的青海湖后，便转到塔尔寺去。这座寺庙是藏传佛教格鲁派的创始人宗喀巴大师的出生地。与其他团友不一样，我并没有任何宗教信仰。虽然我对佛教并不抗拒，但对他们口中所说的诸佛菩萨一窍不通。团友们都兴奋地围着仁波切，听他讲解佛经的故事，我反而对寺内的文化建筑更感兴趣，那些佛像看起来好似都差不多，名字都很长、很复杂。

我独自四处走着，来到了其中的一座殿，这座殿堂非常特别，廊柱属于西藏的朱红八棱柱，面阔九间，进深三间，以三间为一单元，所以称为九间殿。殿的四周围着一排排的经轮，轮上刻有经文与图案。寺内的彩绘都是采用天然矿物颜料，以藏族传统的金碧重彩描法勾画。原本鲜艳斑斓的图案，经过了差不多600年岁月的洗礼，退去铅华却留下更迷人的历史色彩。虽然我不热衷宗教，却十分欣赏古老彩绘的宗教艺术。

有个小男孩从门外跑进来，他一面跑着，一面顽皮地顺手转动旁边的经轮，一时之间十几到二十个经轮在我四周同时转动着。我看着这个情境，忽然整个人愣住了，那是如此熟悉的景象，不知在何时何地曾经见过这一幕。我看见的不是经轮的图案在转动，而是生命的流动，生命的循环，生跟死的交替。

我回过神来时，经轮已经停止转动，那顽皮的小男孩也不知道跑到哪里去了。我走进中间的主殿，看见一尊佛像立于殿的中央，佛像面容慈祥，带着一份摄人的气质。看着这尊佛像时，我感到心脏的跳动加速，双手微微地颤抖着。我对这尊佛像有很特殊的感觉，好像他也在等候我的到访一样。

殿内有一位老喇嘛正在打扫，我趋前问他："请问这尊佛是哪位？"

老喇嘛看着我好一会儿，再转头看看这尊佛像。"你不知道吗？这是文殊菩萨，这又称文殊殿。"

"四大菩萨之一，掌管智慧的文殊师利菩萨。"老喇嘛继续说。

第六章　智慧之钥

"菩萨双手摆出的姿势有什么特别的意思吗？"

"那是手印，属于身、语、意三密中的身密，能连接天地的力量。"老喇嘛双手交合，手指交结，做了一个手印给我看。"这就是文殊菩萨的手印。"

"就像能打开天地之门的钥匙。"我说。

我从文殊殿走出来，碰上了Emma，她刚从机场过来与大家会合。我向Emma请教了一些藏传佛教的知识，对密宗有了大概的了解。

"那次意外之后，有什么是你最渴望追求的？"Emma忽然这样问。

"我希望得到智慧。从前感觉世界很大，自己懂的非常少，所以不断学习各种不同的东西。但只是增长了知识，而不是智慧。意外后，我才学会了看事物的本质，领悟到原来很多东西都是一样的，世界反而变得简单了。"

"我虽然没有伟大的智慧，但我希望能尽自己的一点能力，帮助更多人得到智慧，所以支持仁波切兴建佛学院。"Emma说。

"那不是更有意义吗？"

"只是你跟我有不同的使命而已。还有一件事，你既然不是佛教徒，为什么想也不想便答应来见证佛学院的兴建仪式？"Emma好奇地问。

"我只是听从我的心，被引领到这里来寻回一些遗失的东西。"

"遗失的东西？那找到了没有？"Emma以惊讶的眼神看着我。

"我想我找到了，智慧之神手中的钥匙。"

若是将之前发生的事情像拼图般拼凑起来，便能逐渐看到当中的关联，我要找的原来是文殊菩萨的手印，能打开智慧之门的钥匙。

第三天的清晨，我们乘着吉普车离开西宁，朝西南方出发，目的地是800公里外的玉树结古镇。我们一行14辆越野吉普车，在214国道上快速飞驰，沿途经过一望无际的油菜花田，绵延百里的大地被染成一片鲜亮的黄，有如图画般美丽。经过唐番古道，登上海拔4000多米的巴颜喀拉山，气温骤降，窗外细雪纷飞。

当车子不断向山上爬升时，我身体开始了所谓的高原反应，呼吸变得急促困难，头颅像被锤子不停地敲打，同车的另外三位团友也出现了相同程度的高原反应，其中一个更需要不断地吸氧气。她的脸色变得很苍白，嘴唇带着紫青的颜色，沿途不停地呕吐，状甚痛苦。

我本来就有轻度的地中海型贫血，红细胞的携氧能力比一般人差。遇上高原气候，情况恶化得比我预期的严重，我尝试吸着车上的氧气瓶，情况稍微舒缓一点。可是再这样下去的话，身体只会一直倚赖额外供给的氧气，将无法适应高山稀薄的空气环境。

我脑里想着各种克服高原反应的办法，当我看到窗外的风景时，忽然有了启示。高原山区的环境虽然恶劣，但山上的植物仍然茁壮生长，天空的飞鸟依旧能自由地翱翔。宇宙万物不是在对抗大自然，相反它们是配合自然在生存着。

我合上双眼，调整着呼吸，自我催眠进入了潜意识。智慧老人

第六章　智慧之钥

告诉我，只须把身体的新陈代谢调降，尝试感应生长在高原上花草树木的磁场频率，放松心情，与它们融为一体，同步呼吸。

我感觉像置身野外，山上的强风吹拂着我的面颊，天气虽然寒冷，但在阳光的照耀下身体却出奇温暖。我手上拈着一朵美丽的野花，那是长在巴颜喀拉山的罂粟花。

路上一阵颠簸把我的意识拉回来，我睁开眼睛时，车子已经快要到达顶峰了。车子停在一处挂满七彩布幡的地方，那里立着一个大路标，上面写着巴颜喀拉山——海拔4824米。

调整身体频率之后，高原反应已经消失，身体感到悠然轻松。我步出车外，尽情呼吸着无比清新的空气，享受温暖的阳光。四周挂满了色彩斑斓的经幡，经幡随风飘扬，异常壮丽。

曾经有这样的传说，一个西藏僧人到天竺取经，他带着佛经走过河流时，不小心掉进河里，把经书都弄湿了。他摊开经书在地上曝晒，自己则在一旁打坐禅修，天上突然传来阵阵梵音，四周响起法螺法铃之声，佛光照遍大地。僧侣恍然开悟，求得正道真理。当他睁开眼睛后，看见经书漫天飞舞，随风四处飘扬。后人为了学习得道僧人，便把经书印在七彩的旗幡上，挂于天地之间，让风传扬佛经真义。所以经幡亦称为风马旗，即乘风为马的旗子。

经过了16个小时的车程，我们终于到达了玉树的结古镇。听说仁波切转世前，是玉树著名庙宇让娘寺的住持，所以当地居民对仁波切十分崇敬。很多牧民早就在车队经过的路上守候，等待仁波切为他们祈福。不论老人家或小孩都虔诚地跪在地上，当车队驶进山口时，我看见让我吃惊的景象，在广无边际的青翠草原上，搭了无数的帐篷，为数过万的牧民蜂拥到路上，吹着号角，挥动着鲜艳的旗帜，向车队欢呼，以示欢迎。

我们的车队停在一个巨大的白色帐篷前面，由一群喇嘛引导进去，坐在预先安排的贵宾座上。帐篷的中央搭建了一个小型高台。摆放了仁波切的圣座，圣座以传统藏密形式布置，闪耀金光的丝绸布幔绣上了神秘的曼陀罗图形，四周摆放了各式鲜花与贡品。仁波切穿上法袍，登上圣座主持祭山大典，为当地居民祈福。

仁波切手持法器以藏语诵经，为数两三万的信众聚集在白色的帐篷前，双手合十，低头祈祷。诵经仪式完毕后，由当地不同的部族表演传统的金刚舞。舞者戴着面具，手执矛杖，以愤怒的金刚相，三眼怒视，口露獠牙，震慑四方妖魔。

一轮舞祭后，便是最精彩的赛马大会。参赛者轮流表演各种精彩的骑术与射艺，策马飞驰过我们身边。我希望有朝一日能像草原上的牧民般，如此贴近大自然生活。祭山赛马大会在一片欢呼声中结束了，这片草原回归到原来的宁静。

之后的一天，我们前往兴建中的佛学院参观，仁波切为我们详尽地介绍了学院的细部结构。在建筑设备短缺与交通运输困难的情况下，整个兴建过程非常费时，经过四年的时间，学院总算完成了基础建设，竣工时间预计是四年以后。仁波切为了感谢所有捐献佛学院的信徒，特别准备了一份赠礼送给每位团友。

仁波切手持一个白色瓷瓶，瓶身呈葫芦状，表面绘有莲花的法器，瓶口上覆盖了一块印有花纹的金色绸布，以五色彩绳系

第六章　智慧之钥

紧。他解释说，这是非常珍贵的宝瓶，内置有五宝、五谷、五药、五香等二十种圣物，象征吉祥圆满，能带来富贵福智。他叮嘱道，宝瓶必须放在清洁干净的地方，每天只须奉上清水一杯便已足够。

我看见其他人如获珍宝般喜悦，非常慎重地接过瓶子，并以清洁的衣物细心包裹，小心翼翼地收进袋子里。

我也半信半疑地看着手中的宝瓶，忽然间我想到小时候听过的阿拉丁神灯，只要用手轻擦神灯，里面的神灵便会从灯口跑出来，为你实现任何愿望。但是这个宝瓶并没有任何开口，神灵可能一辈子都被关在里面。

正当我想得入神时，坐在身旁的仁波切忽然转向我："宝瓶让你想到什么了吗？"

"啊，只是小时候听过的一个神话故事。"我不好意思地说。

"你是说《一千零一夜》的神灯吗？除了佛经以外，我也喜欢看不同的书籍，包括童话故事。"仁波切补充说。

"是什么原因让宝瓶有神奇的力量呢？"

"宝瓶里装着供奉佛祖的贡物，包括宝石、谷豆、藏药、丝绸、熏香等。制作宝瓶时，全寺的喇嘛须先斋戒沐浴，诚心诵经，以清净纯洁之心三密加持。"

"所以那主要是来自愿力与持咒的力量。"

仁波切笑而不语。

第六天的清晨，我们沿去程的路线，再度回到西宁市，准备明日乘飞机到西藏拉萨。

第七日，拉萨，天气晴。

拉萨在我脑海里一直是个神秘又遥不可及的地方，虽然在我的旅游名单中，是一生必到的圣地，但这么多年来还没有机缘到此一游。年轻力壮时，还会担心路途遥远和高山反应，但现在这副残破身躯反而什么都不怕。好像意外之后，真的不再恐惧死亡了。一般人对死亡存在太多不真实的恐怖幻想与误解，死亡其实并不可怕。

今天总算可以站在拉萨的土地上，矗立在我面前的，正是这座气势磅礴的布达拉宫。整个宫殿依山而建，红色的灵塔殿居中，两旁相连着白色的宫室与扎厦。

布达拉宫建于公元7世纪的吐蕃王朝，是吐蕃王松赞干布为迎娶唐朝文成公主而修建的。后来五世达赖喇嘛以此为居所，从此布达拉宫变成西藏政教合一的象征，历代达赖亦居于宫殿内。布达拉宫除了浓厚的宗教背景外，宫内其实收藏了大量珍贵的历史文物。壁画唐卡、佛像浮雕数以万计，简直像一个西藏历史文化博物馆。这么富有灵性的博物馆，我想全世界就只有这一个而已。

这次旅程的最后一站，是拉萨的大昭寺。大昭寺在藏传佛教中具有举足轻重的地位，可是在这个旅程里，已经看过太多寺庙了，我没有跟随大伙儿在寺内细看，只随便绕了一圈便打算离开，在离出口不远处，我见到一幅壁画，被画上的一双眼睛叫住了。

壁画上的佛像充满灵气，既有一种冷眼看事态的感觉，但又流露着慈悲的菩提心，好像是一种矛盾的融合。而深深吸引我的是佛

第六章　智慧之钥

像旁边的一双眼睛，这双眼睛能看穿我的思想，看透一切事物，是那么清晰明亮。看着这双眼睛时，我想到了从新西兰拾回的太阳眼镜，感觉这就是太阳眼镜后面的眼睛。正当我看得着迷时，身后有人大声喊我的名字。

"怎么如此入神，叫你好几声都没反应。"原来是同团的慧珍，她是一名虔诚的佛教徒，在日本行医济世。

"这位菩萨给了我很特别的感觉。为什么他旁边有一双眼睛，两眼间还有一把宝剑？"

"这位是文殊菩萨。"慧珍回答。

"掌管智慧的文殊菩萨。"我跟文殊菩萨好像有特殊的关联，有种强烈的感应。

"至于旁边的双眼和宝剑，传说是自然而生的。智慧之剑可以斩断世人的愚思妄见，让世人开启智慧，看清事物的本质。"慧珍解释道。

"就像摘下太阳眼镜一样。"我比喻说。

"听过文殊菩萨的心咒吗？嗡阿喇巴札那谛。"

"心咒是什么？不是只有手印吗？"

"其实跟手印是相类似的东西，你可以当成呼唤文殊菩萨所用。"慧珍重复念了一遍给我听。

我做了文殊菩萨的手印，念着他的咒语，忽然间像是明白了一切。所有碎片全都拼合起来了。从埃及神话的图特到藏传佛教的文殊菩萨，从太阳眼镜到智慧宝剑，从生命之钥到手印咒语，好像所有谜底都解开了。

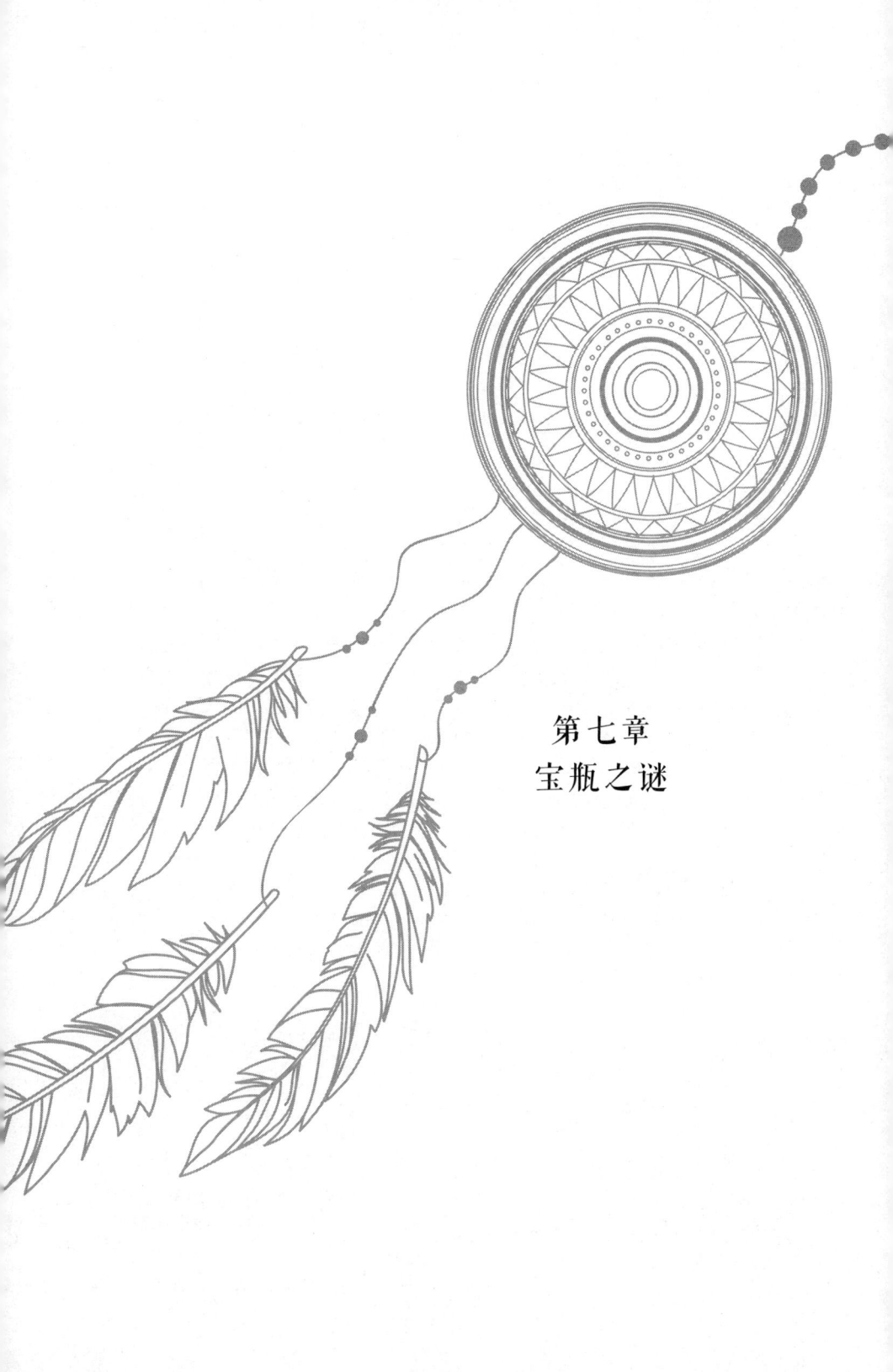

第七章
宝瓶之谜

九天的旅程，让我感到非常疲累，毕竟高原气候还是对身体造成了一定的负担。当我回到香港，躺在熟悉的床上时，疲劳仿佛从每个毛孔钻进来，眼皮比平常沉重，意识开始变得模糊，我进入一个很安静的睡眠，一个完全没有梦的睡眠。

　　醒来的时候，太阳已经差不多下山了。我一看墙上的时钟，时针刚好指着6时的位置。本想外出跟"她"见面的，但当"她"从电话里听到我乏力的声音时，便提出不如到我家来好了。

　　"她"带来了她亲手做的帕玛火腿和芝士西红柿色拉，我一面吃着美味的爱心晚餐，一面说着旅途中有趣的见闻轶事。

　　算起来已经十天没有喝到一口咖啡了，忽然间十分怀念咖啡的香气与味道。为了纪念我从高原地区回来，"她"特别选了伊索比亚达英省出产的耶加雪夫，这种咖啡豆生长于海拔1200多米的高原地区，是非洲极少数的水洗豆。豆质饱满，有独特的花果香气，口感清新，是我最喜爱的咖啡豆之一。

　　我把热水注入虹吸壶的玻璃下壶，点燃酒精灯加热壶内的水。由于壶内的压力不断上升，沸腾的水透过连接的导管，慢慢上升至上壶。我将现磨的咖啡粉放入，以竹匙垂直搅拌第一次，30秒钟后搅拌第二次，45秒钟后再搅拌第三次。熄灭下壶的酒精灯，上壶内的液体透过滤布回流至下壶内，香浓的咖啡便萃取完成，我把鼻子凑近杯缘，深深地吸了一口咖啡的香气。

第七章　宝瓶之谜

深度烘焙过的咖啡豆散发出茉莉与柑橘的果香，喝下去时，口感圆润非常，酸中带甜，明亮且有层次。

正当我还陶醉于咖啡之中时，"她"指着摆放咖啡用品的架子问："那白色的瓶子是什么？"

"那是仁波切送的宝瓶，因为还没有找到适合的地方摆放，所以先放在咖啡用具旁。"

"这样不太好，法器应该要放在清净的地方吧！怎么能让它被咖啡豆包围着？"

"她"在厨房洗碟的同时，我清理、擦拭了书桌旁的文件柜顶面，将上置的茶盘洗洁干净，然后把宝瓶安放在茶盘中，再于宝瓶前摆上三杯清水。没想到这茶盘与宝瓶出奇的相衬，并且恰好可以供奉清水。

就在我把清水倒进杯子的时候，奇怪的事开始发生。首先我听到一阵阵奇怪的低鸣声在房间里响起，然后感到房内的温度微微上升，四周的空气正以某种特别的形式在流动，整个空间发生了一些看不见的变化。

"她"此刻走进房间来，好像也察觉到一些微妙的变化，脸上流露出诧异的表情。

"你在房间弄了什么吗？我有点晕眩的感觉。""她"说。

"没有弄什么，只是刚好在清洁、收拾而已。"

"她"在房间四周仔细打量，然后走到茶盘前，盯着上面的宝瓶良久："好像是从这个瓶子引动的。"

说完后，"她"便离开房间去透透气，其实我也同样感觉到了宝瓶引发的这微妙的改变。我想起有关宝瓶的传说，能连接天与地，开启宇宙生命的能量。

我集中精神，双手合起，尝试着做出在塔尔寺所看到的手印，口里念着大昭寺学到的咒语。突然间我感觉到原本低鸣的声响，瞬间放大数倍，充满整个房间，环回共振着，就好像高频的音波在密闭的空间里产生回音一样。我身体感到一阵灼热，颈部的血管在扩张着，血液急促地流动。

我被这一连串的反应吓得立刻停止，可是房间里的高频声响依旧存在着，空气仿佛逆时针在宝瓶上空旋动着。我从抽屉里拿出指南针，发现指针无法自由转动，只能牢牢斜指着宝瓶的方向。房间里的磁场被彻底改变，充满能量的磁场。

我打开房门，发现"她"站在客厅的中央，不敢靠近我的房间。

"好像有什么透过房间墙壁，一波波地传送出来。你到底对那宝瓶做了什么？我浑身都在冒着冷汗，胃里搅作一团。你像喝了酒般全身通红，没事吧？""她"的脸色异常苍白。

"我没事，稍后再跟你解释。我先送你回去休息吧。"我们走出公寓。

"你不要靠得太近，我发现只要你一靠近，晕眩的感觉便会加剧。""她"说。

我只好与"她"保持一定的距离，两个人隔着大马路两旁分开地走着。我们就这样走到"她"的住处楼下，我一脸抱歉，远远地向"她"挥手道别。

"她"连忙向我示意将手放下，别对着"她"。"她"用手

第七章　宝瓶之谜

机跟我解释，刚才像是"对"她挥了两记耳光一样。我只好把手放在身后，目送"她"离去。

当我回到房间后，那高频的声音依旧存在，只是音量比之前小了。我又煮了一杯咖啡，等待月亮的降临。只要等到月亮出现，这个谜团将被解开。

月亮在快到午夜的时候现身在天台的上空，透过薄薄的一层云雾，照亮着大地。看着天上的月亮良久，确定它并没有任何的改变，还是那熟悉的月。我把宝瓶放在我的跟前，让月光毫无保留地照耀着它。

我开始做月禅。

首先放松身心，让意识慢慢沉淀，进入禅定的状态。我将意念转移至潜意识层面，集中精神与天地宇宙连接。双手结起文殊菩萨的手印，以梵文念诵心咒，梵音在安静的夜空中回响着，像从四面八方传送过来。当心咒念诵到第九遍时，声音仿佛渐渐消失远矣，就像调至静音的扬声器，虽然嘴中还在念着，但声音被吸进不知名的地方去。四周变得无比宁静，马路上的车声，大楼里的人声，天上的风声，就连心脏的跳动声与鼻息，全都被吸收。留下来的只有纯粹的宁静。

我虽然眼睛紧闭着，但却看得出奇清晰。此刻，天与地的界线消失了，穹苍与大地的边缘相连成一个圆，我与这个圆合为一体，无分无别。我是天，也是地，而月亮就在这天地之间。我既在大地上仰望月亮，同时也在穹苍上俯瞰着它。在圆心中央的月，就是天地之心。

月亮的光芒照耀于天地，再从天地的边缘反射到它之上，同一时间月亮与天地发射着同样金黄的光束，在那边共振共鸣着。整个空间充满了光亮，天地之心与穹苍大地合而为一，然后消失成空，留下的就只有纯粹的光。

在这纯粹的光海里，我清楚地看见两种不同的光，白色的光与黑色的光。两种光芒相生相克，彻底地融合转化。光明因黑暗而生，白光分解为七彩光芒，七彩光又结合成黑色光，黑暗被光明吞蚀。只有在黑暗中才看得见白色的光辉，但亦只有在白色的明亮里，才能窥见黑色的光芒。

曾经有一次做月禅时，智慧老人对我说过，我所看到的只是月的一面，并不是全部。若要寻找真正完全的月亮，必须先找到天地之心。在天地之心里，光跟它的影子结合，化成绝对的黑暗与绝对的光明，相生相克，亘古不灭。

这时我才了悟，所谓光的影子是指那黑色的光，只有在天地之心才可以看见的黑光。

其实宝瓶只是一个催化剂，让我成功地把身、口、意三者结合，变成一把钥匙，打开天地之心。在天地之心，我领悟到光的本质，所有生命能量的起源。

过了一天，我约"她"到我家来吃晚饭。起初我还担心"她"会害怕不敢来，没想到"她"一口答应了，还说发生了一些奇妙的变化，详细情形见面再谈。

我烧了锅水，把乌龙面放进沸腾的水中烹煮，一边以木箸搅动，一边把定时器调拨到三分半钟以后。看着大量的水蒸气从锅里

第七章　宝瓶之谜

冒起的同时，我脑子里急促地猜想着"她"的状况。那宝瓶所发出的高频能量到底引起了什么样的变化。

正当我想得入神之际，定时器以同样高频的声音响闹起来。我回过神来，看到面的边缘已转成半透明，赶紧把火关掉，将乌龙面捞起。我打开水龙头，以流动的清水将面条迅速冷却，再放进冰水浸泡一分钟，最后平铺在竹帘上。我把蘸面用的鲣鱼酱汁调好，再洒上些许的姜蓉与细葱。

因为"她"喜欢蔬菜的关系，我特地从有机商店买回了新鲜的金瓜、茄子和秋葵，蘸上面糊，在油锅里炸成金黄色的天妇罗。最后加上"她"最喜爱的炸紫苏做伴碟，完成了我特别为"她"制作的晚餐。

这时刚好铃声作响，我把围裙脱掉开门迎接"她"。我第一眼看到"她"时，感觉好像跟之前的"她"有些确实不太一样。

晚餐的时候，我向"她"说明了那天晚上发生的事情，但"她"好像一点也不惊讶。

"那天回去以后，我身体难受了一个晚上，不单头晕作呕，还发起烧来，出了一身汗以后忽然转好了。第二天早上醒来，我感到身体比以前轻松多了，头脑也变得清晰、灵活，简直好像被重新调整过一样。""她"说。

"身体被重新调整？"我重复"她"的话。

"我想当时不单只是环境的磁场被改变了，我们身体的生物磁场也得到相应的转化。如你所说，从天地之心释放出来的宝贵能量，能够活育天地万物，不但能修复身体的损伤，更可以疗愈隐藏的疾病。"

"说的也是,那能量比我以前做月禅时更加强烈与完全。"

"当你真心追求一样东西时,只要细心聆听内心的指引,整个世界都会一同帮你寻找那样东西。你要好好珍惜上天赋予你的与众不同的经历与能力。""她"有感而发。

我牵起"她"的手。"你也是我生命中的一个重要经历。"我说。

第七章　宝瓶之谜

疾病本身有时只是担当传达讯息的工具，当内在的讯息没被察觉，或是内心的呼喊没得到响应时，身体只好透过这种极端方式与我们沟通，只要我们听懂了当中的讯息，疾病的功能得到满足，身体自然会不药而愈。

第八章
影子的分离

两个星期后，我与"她"一同前往日本京都参加认知心理学的会议，会议一共进行五天，作为重要的学术交流平台，会议云集了世界各地知名的认知心理学家，各自发表最新的研究报告。

在香港这个多元种族的社会中，如何提高目击者对于同种族罪犯辨认的正确率正是我的研究领域。一直以来，目击证人对罪犯脸孔的辨认存在一种普遍的现象，即所谓的"同种偏差(own-race bias)"：目击者对和自己相同种族的疑犯辨认率较高；对和自己不同种族的疑犯辨认率则较低。

这次会议中，我发表了这三年来的研究结果。我提出了一套新的配对模型，主张采用相继队列来指认相同种族的疑犯。所谓相继队列，是指目击证人每次只能观看单一疑犯来进行辨认，透过绝对判断思维，能有效降低误认率而无损正确辨认能力。相反，跨种族的辨认应采用同时队列，目击证人可同时间观看多名疑犯，通过相对判断思维，找出比较近似的疑犯后从而再进行指认，这个方法不但能增加正确辨认能力，更可有效降低误认率。作为一个心理学家，除了能对学术理论做出贡献，我更希望能把研究成果应用在现实生活中。

说真的，我不喜欢也不讨厌纪律部队的工作，也不知道是什么样的缘分与安排让我在这里待了十多个年头，希望以这个研究作为回馈的礼物，纪念我在这里的十年岁月。

第八章　影子的分离

学术会议结束以后，我跟"她"一同游历这浪漫的日本古都，我们走遍了大大小小不同的寺庙和神社，除了欣赏古雅的传统建筑以外，更让我们向往的是当中那份洗涤心灵的禅意。不论是暮鼓晨钟，还是青石白沙的枯山水，都能让我们从紧迫忙碌中沉淀下来，找回生活原来的节奏。

旅程的下一站，我们来到大阪探望在青藏高原旅游时认识的慧珍，没想到离西藏之行不到一个月，这么快又碰面了。她在大阪开设中医诊所，是当地著名的针灸医师。

慧珍跟她先生都来自台湾，早年一同到日本留学，学成后一直留在日本行医修佛，放弃了接手家族集团的生意。从她身上，我看到人如何舍下物质上的虚幻追求，转而追寻内心的快乐和满足，如何透过修行来提升自己的灵性与智慧。

对于我来说，佛教不是唯一的道路，其实只要真心走，我相信每一种宗教最终都是向着同一个目的地。而我选择了非特定的宗教，既然都是一样的，何以执着在哪一条道路上。只要倾听内心的声音，道路便会在我眼前出现。

我们来到慧珍的诊所做客，顺道也治疗"她"的感冒。

"我送你们一样非常珍贵的东西。"慧珍从佛坛上取出两个小玻璃瓶子。

"这是仁波切送的甘露丸，是在重要时刻用的。"慧珍把装着赤色小药丸的瓶子拿给我们。

"在重要时刻用的？"我好奇地问。

"甘露丸是西藏密宗的神圣宝物，相传里面包含了珍贵的藏药与舍利。炼制过程殊圣，寺庙的坛城里供着装甘露母丸的瓶子，寺庙的喇嘛须诵经七七四十九天，期间甘露子丸便会从瓶子里增生满溢出来。传说甘露丸有神奇功效，不但能治愈恶疾，还能清净一切业障，助人修身成佛。"慧珍解释说。

"因为仁波切知道我是行医的，所以特别给我让我帮有需要的病人。不知道什么原因，这几年间寺庙里的甘露丸已不再增生，我就只剩下这几瓶了。"

"那么珍贵的东西，我们不能收。"我婉拒慧珍的好意。

"这是缘分，也许日后你们能用它帮助更多有需要的人。"

我不知道为什么慧珍说出这样的话，但却觉得那话中像带有某种隐喻，我们最后还是接受了。我把玻璃瓶子放在灯下观看，这七颗直径不到两毫米的赤色小丸，到底蕴藏了什么样的神秘力量？

当天晚上在旅馆里，"她"的感冒忽然变得严重，午夜时开始发起高烧。

"要不要试一颗甘露丸？"我看着"她"难过的表情。

"我从小就是个身体不好的药罐子，我来试验新药也是理想人选。"

"还是我先试验一下，确定没有问题后你再用。"

"如果大家都倒下了，那谁负责找救援？不用担心啦，我什么稀奇古怪的药都试过了，还不是活到现在？"

"我从天上掉下来也摔不死，生命力应该比你强，就算中毒也可以撑久一点。"

"好啦，不要再闹了，说得好像要殉情一样，帮我倒杯

第八章 影子的分离

水，好吗？"

我到柜台要了一杯热水，把其中一颗甘露丸放进清水里。甘露丸以缓慢的速度溶解下降，体积逐渐缩小，最后瓦解成微细的碎片。杯子里的水依旧保持原来的清澈，并没有被染成红色或其他颜色，也没有发生任何化学作用的迹象。

"她"把水喝下后，便躺在床上休息，不到十分钟便沉沉地入睡了。每隔十多分钟，我便去查看她的状况，确定没有异常的变化。

为了打发时间，我拿起三岛由纪夫的小说来读。火烧金阁寺的僧侣本欲自我了结，最后却选择继续活下去。今生对于美的爱恨执着，若未学会今生放下，来世还是会落入同样的无明，所以再给自己一个机会吧。

大概两个小时过后，我也睡着了。我醒来时大概是七时多，被"她"弄醒的。

"你还好吗？身体有没有感觉好一点？"我问。

"昨天晚上一连做了好几个梦，每一个梦都是在反映自己生活的不同层面，包括爱情、事业、学业和健康。虽然每个梦的内容都不尽相同，但我发现当中传达的讯息都是一样的。"

"是什么样的讯息？"

"应该说是对我个人含有特别意义的讯息，因为那些梦反映一直困扰我的核心问题。其实重点不在问题本身，而是我个性与价值观上的某些执着，只是透过生活不同层面，以不同形式展现出来，但当中的本质都是一样的。"

"拥有相同本质的不同问题？"我重复。

"可以追求，不可强求。那是对我很重要的讯息。"

"我大概懂你的意思。那你身体好些了吗？"

"感冒症状好像没了。也许这是生病的另一层意义，疾病本身有时只是担当传达讯息的工具，当内在的讯息没被察觉，或是内心的呼喊没得到响应时，身体只好透过这种极端方式与我们沟通，只要我们听懂了当中的讯息，疾病的功能得到满足，身体自然会不药而愈。"

"就像心理学上所说的身心症一样，这是心理透过身体在说话。"

"所以我觉得甘露丸治疗心灵多于身体层面，很神奇的东西。"

隔天跟慧珍告别后启程返港，飞机降落已是晚上九点半了。离开机场时，"她"取出托运的行李中的小药瓶子，想放回手提包里。"她"突然转头望着我，瞪大了眼睛，我凑近一看，赫然发现甘露丸数目改变了。本应只剩下6颗赤色小丸子，但我们反复点算，确定数目成了11颗。对于甘露丸的突然增生，我们不知所措。机场离家约一个小时的车程，回到家中再点算甘露丸的数目，竟然增加到12颗了。我真不明白甘露丸是如何分裂增生的，简直就像看魔术表演一样。

我把小瓶子放到宝瓶上，点燃一根蜡烛，关掉电灯。当眼睛逐渐习惯黑暗后，我开始在宝瓶前做月禅，和以往不同的是以蜡烛代替月亮。我双手结着手印，口中念诵心咒，集中精神凝视火焰。

那熟悉的高频音波开始在房间回响，本来稳定的火焰此刻摇摆起来，火焰像被无形的力量牵引着，指着宝瓶的位置。我听到了非

第八章　影子的分离

常微细的声音从小瓶子里发出,感觉瓶身也随之轻微地晃动了一下。之后,整个房间突然恢复到原来的平静,火焰不再摆动,只是安静地燃烧。

我把蜡烛吹熄,打开电灯的电源。如我预期,甘露丸真的增生了。现在的数目是13颗,加上"她"之前服下的1颗,甘露丸整整增生了一倍,从原来的7颗变成了14颗。

隔天早上,我打电话给慧珍,把甘露丸增生的事情告诉她,她的惊讶从电话中可以感受到。这些甘露丸存放在她那里已经好几年了,但不论数目或大小,从没发生过任何改变。

当天晚上,我看着甘露丸良久,然后做了一个决定。我倒出其中一颗,放在矿泉水瓶里,甘露丸一边下沉,一边慢慢瓦解溶化。大约15分钟后,我打开瓶盖把水一饮而尽,然后走到天台上,在月光的照耀下禅修,进入了深度的催眠状态。

我看见一条长长的回旋楼梯,楼梯以优雅的弧度往地底延伸。我沿着扶手,小心翼翼地向下走去,木造的台阶发出沉重的敲击声响,声响仿佛也顺着楼梯被吸进深深的地底去。

由于没有楼层的标示,我也不知道距地面有多深的距离,只知道楼梯突然在一个转弯处停下来,前面是一条狭长、昏暗的走廊。走廊的宽度就只够一个人通过,四周没有装上任何照明的器具,唯一的光线来源,就是从身后的那个楼梯透出来的。走廊的尽头是一道门,上面没有门牌,没有门把或锁头,也没有任何多余或必要的装饰。

我停顿在门前,侧耳倾听门内的声音,可是我并没有听到任何声响。我轻轻推门进去，隐约看到门后放了一把椅子，应该是说轮廓看起来像椅子的物体，那已是身后微弱光线所能及的最远处。

虽然眼睛习惯了黑暗，但是在完全看不见房内的情况下，我只能走到椅子那里。

"坐下来吧。"声音从椅子前方发出，就在触手可及但看不见的前方。这是非常熟悉的声音，可以肯定是我认识的人，只是我一时想不起来是谁。

"这里是什么地方？你是谁？"我凭着双手的触摸，小心地坐在椅子上。

"是你来找我的。我一直躲在属于我的地方，安分地在黑暗里待着。"熟悉的声音说。

"我们本来是一体的，但是很久以前，我们的心一分为二，我从你身上割裂出来了。你住在光明中，而我活在黑暗里。"

"我不明白，为什么我们的心会分裂为二。"

"神创造宇宙天地，然后创造了人类。亚当与夏娃本来快乐自由地在伊甸园里，过着无忧无虑的生活。有一天，他们受引诱偷吃了分辨善恶的树上的禁果，眼睛便明亮了，看见自己赤身裸体，感到万分羞耻。当人类开始懂得判断是非善恶，从此生了分别心，便被神逐出了伊甸园。他们纯然的本心也随着一分为二，分成了光明之心与黑暗之心。不同的宗教与文化，也存在许多类似的故事。"

"所以光明与黑暗之心本为一体，并无善恶之别。"

"那是纯然的本心。"声音说。

"怎样才可以找回纯然本心？"我问。

第八章　影子的分离

"你必须要跟我结合。在那之前,先要找回黑暗之心。"

"找回黑暗之心?"我喃喃重复着。

"就在触手可及但眼看不见的地方。"声音说。

我本想继续查问有关黑暗之心的事,但门后突然有一道强光照射过来,整个房间灯火通明,我看见了眼前的景象,在我伸手可及的正前方,同样放着一把椅子,座位上却空无一人。当我低头往下看时,我看到了我的影子,就如往常看过千百遍的影子,颜色与形态一点也没改变,但是此刻的影子并不是跟我紧紧地连在一起,我们之间有着一道非常细微的裂缝,细微得连眼睛也看不清,但是却可以清楚感觉到当中的分离。

那道强光把我带回清醒的状态。我慢慢睁开眼睛,看见分离的影子,他的心被光明吞蚀了。

第二天下午,我跟"她"在校园里的星巴克喝完咖啡,沿着小径并肩走着,黄昏的斜阳把我俩的身影拉得长长的。和以往不同的是,我的影子和我的步履之间,多了一道裂缝。

"发现影子有什么改变吗?"我这样问。

"她"看着自己的影子。"你是说我变胖了吗?"

"我是指跟影子的距离。"我连忙补充说。

"我不明白,影子不是跟身体连在一起的吗?怎么会有距离?""她"一脸疑问。

"应该是连在一起的。"我没有把看到影子裂缝的事说出来,也许它只向当事人显现而已。

"你觉得人的本性是好的还是坏的?"我问。

"不是好的也不是坏的。""她"回答。

"我也是这样想的。人有多善良就可以有多邪恶。在死因调查的工作里，我看到人光明至善的一面，也看到人黑暗至恶的一面，我们仿佛同时是神也是魔。"

"你从日本回来后好像变得怪怪的，先集中精神把毕业论文做好吧，我们只剩下不到半年的时间。""她"紧握着我的手。

"你说得对，现在最重要的是把毕业论文完成，这将会是非常艰巨的挑战。你我跟影子，我们四个一起努力吧！"我和"她"手牵着手，在温暖的夕阳下一起散步。

此刻，"她"的影子也牵着我的影子，透过他们俩的手，我和我的影子间接地暂时再度相连。

我需要借助影子的力量，找回失落的纯然本心。

第八章　影子的分离

贪婪让我获得更多、更大的享受,但也让我感到更多、更大的不满足。到底贪求什么,什么才是我生命中最重要的东西。不知道为何贪婪而贪婪是非常愚蠢的事情,反被贪婪奴役驾驭更是可悲。

第九章
天使与魔鬼

为了撰写毕业论文，我预估大约需要四个月的时间。首先开始着手整理堆积如山的数据，挑选参考文献，然后将大量的实验数据进行统计分析，光是预备工作便花掉了两个星期。

今天我将启程飞往南方，应朋友之邀为他进行一个月的治疗。

他的居所位处热带小岛，环境清幽宁静，四周都被大自然环抱着。我最喜欢的是他家的后花园，绿草如茵通往私人的浮台码头，那里泊着一艘白色的舢筏。置身于此，果不其然，让人有一种放松的感觉。

我采用的方法一半是属于正统的心理治疗，包括认知和行为疗法；而另一半则是非主流的灵性治疗，有催眠、花药和能量疗法。我每天大概花一个小时做治疗，其余的时间都是坐在这个后院撰写论文。

第一天的能量治疗后，朋友的反应跟"她"有些相似，他激烈地呕吐了好几次。吐过以后，身体虽然比较虚弱，但却变得比之前轻松、舒畅多了。在同一天里，我亦动笔开始了论文的第一页，那是一个月圆的晚上。

就这样过了一个月的时间，每天的治疗与写作成了我生活的全部。我跟外在世界完全隔绝，从午夜到破晓，看着日落日升，潮涨潮退。忽然间，我觉得存在与消失之间的界线变得很模糊，若我就这样消失，对身边人的生活应该没太大的影响。

第九章　天使与魔鬼

一个月的治疗结束后,我返回香港,一回到家就倒头大睡,仿佛进入了冬眠状态。第二天起来时,重新收拾行李,背着一大堆数据前往机场,搭上了往台北的最后一班飞机。

"治疗与论文顺利吗?""她"在入境大堂接过我的行李。

"两方面都有个好的开始,进展也顺利。为什么你看起来好像很困的样子?最近睡得很少吗?"

"刚好相反,最近一直在睡觉,从早到晚,大部分的时间都在梦乡里。"

"怎么了?"我担心地问。

"我从小到大都是这样,问题与困难都是靠睡觉来解决,仿佛睡眠时脑袋运作比清醒时有效得多。入睡前,只要把问题整理好,醒来后便会得到启示与方向。"

"很厉害的潜意识运用,怪不得你从小到大都是拿第一名的。"

"现在我的论文进行到最困难的阶段,没办法,只好睡多一点。你这次打算在台湾停留多久?""她"问。

"一个月。希望可以完成论文的第二部分。"

"虽然这里不若小岛遗世独立的清幽,但也许具有文艺气息的咖啡馆可以带给你另类的灵感。"

接下来的一个月时间,我住在"她"乡郊的房子,每天醒来便到附近的小咖啡馆写论文。爵士乐与咖啡香成了我写作的灵感泉源,而我更像咖啡馆的一件固定摆设,而不是一个客人,店关了便回到住处继续写作,直至月亮消失在晨光里,我才悄然入睡。

离开台湾的前一晚,我开了一瓶布根地黄金山丘的黑皮诺红酒，独自坐在屋外的长椅上跟影子对饮，享受深夜的宁静。

在刺眼的水银街灯下，影子显得格外鲜明，那一道细小的裂缝也如常地分隔着我们。正当我看得入神时，忽然间地上飘来一团庞大的黑影，那黑影在地上来回迅速移动，把我吓了一跳。然后我才发现那是一只巨蛾的影子，巨蛾不知从哪里飞来，被水银灯的强烈光线深深吸引着。它不时大力地撞向水银灯柱，发出阵阵敲击的声响，打破了宁静的夜。

我看着巨蛾，起初还以为它只是无意识地不断飞扑向水银灯，但慢慢发现它的飞行动作带有某种旋律性。当我朝地面上看时，巨蛾的影子在舞动着，大地仿佛变成了投影的屏幕。巨蛾的影子有节律地来回旋动，飞跃的动作优美利落。虽然我的影子是它唯一的观众，但它还是卖力地表演着。

大约十分钟过后，巨蛾的影子忽然停止舞动，应该说巨蛾不再拍动翅膀了，从半空中坠落在地面，完全静止地躺在那里，跟它的影子一起躺在那里。

也许巨蛾的一生都在寻找与等待，表演这十分钟完美的舞蹈，既是它生命的意义，也是它生命的本质，这当中并没有价值的高低。我将杯中的酒一饮而尽，表示对巨蛾的欣赏与谢意。

只有跟影子结合，才能将生命燃烧，是这个意思吗？

第二天中午，我跟"她"吃了顿丰盛的台湾菜，然后逛逛书店，给自己放了一天迟来的假期，之后赶上黄昏的飞机返港。我翻开记事本，计算余下的时间与论文的进度。接下来的一个月，我将会在大学的图书馆，完成最后三分之一的论文。

第九章　天使与魔鬼

虽然这里缺少小岛的清幽宁静，也没有台湾的闲适自在，但是我对香港却有一份亲切的感觉。那熟悉的喧闹，习惯的拥挤，这所大学是我成长的地方，有着许多回忆与经历。从这里开始的，也将在这里结束。我希望带走的，不是知识，而是智慧。

这段时间一点也不容易过，面对漫长的孤独与无止境的书写，放弃与偷懒的念头不时来袭，有时甚至对那些数据与辩证感到异常的厌恶。为了减轻郁闷的心理，晚餐时我常偷偷带着便当，溜进附近的电影院看戏。这能让我短暂地从现实世界中逃离，而不会影响写作的进度。在这短短的一个月时间里，我所看的电影数目已经差不多是过去一年的总和。

今晚是我留在大学图书馆的最后一夜，恰巧学校的期末考试也将在明天结束。半夜三点多的图书馆让人感觉热血激昂，我像是这里的王，整栋图书馆仿佛变成了我的国度，书架上的图书都是我所拥有的资产。有的国民还在奋力战斗，有的已经不支倒下。经过连日来的战争，留在前线的已经寥寥无几。当太阳升起时，这里的一切将会结束。

时钟正指六时，图书馆的音乐铃声响起，那熟悉的广播以不变的声调宣布休馆。我把刚刚完成的论文存盘，收拾好带来的笔记，喝完最后一口咖啡。虽然还没有看到太阳，但光线照进图书馆的天井，从那里可以清楚地看到天空，清澈的淡蓝色。从开始撰写论文的那日算起，这是第108个清晨。

我是最后一个离开图书馆的学生，离开时一点兴奋的感觉也没有，反而伴随一份不舍的怀念。就这样告别了16年来陪伴我一起

生命回旋

成长的图书馆。

　　按照论文提交的程序，论文很顺利地获得教授的认可，在某些细微的部分适当修改后，便呈到评核委员会去了。我的毕业答辩被安排在6月，碰巧的是，"她"的答辩也被安排在同一天。那日早晨，我和"她"相约在学校的星巴克吃早餐，然后步入各自的战场，通过答辩的考验。我们在同一天，一起牵手完成了学业。

　　意外之后的第六年，我实现了最后一个梦想，那等待点燃的第十根火柴。

　　大学的毕业典礼安排在三个月之后。在这段等待期间，"她"到台湾和美国休养生息，我则如常地回到工作岗位。不用念书的日子，我的生活变得比从前轻松多了。我可以重拾自己喜爱的小说，把月禅时得到的灵感进行试验。朋友们都戏言，我在以土法炼钢的精神进行能量科学实验。

　　有一天下午，我接到Jenny的电话。她是个护士，对于宗教灵异之事非常热衷。早前她帮助了一位做玉石买卖的朋友，为了表示感谢，朋友特别送了她一幅珍贵的唐卡及一对银镯。据说是多年前从一名西藏高僧那儿得来的。

　　"高僧曾嘱咐我的朋友，要把这些对象交给将来帮助他的有缘人。但当我揭开唐卡的盖布时，感觉画中的神祇有点可怕。神祇肤色深蓝，三眼怒目，口露獠牙，戴着以骷髅头做的顶冠，手中拿着喷有火焰的利剑。我感到浑身不自在，不敢把它摆在屋里。"Jenny说。

　　"听说藏传佛教里，有些神祇是以这种愤怒的形象展现的，目

第九章　天使与魔鬼

的像是要降魔伏妖。"我解释着。

"但我屋里并没有什么妖魔鬼怪。我想你在死因调查的过程里，常常会接触到一些邪门妖道，所以想把唐卡转送给你，或许你可以把它挂在办公室里作为避邪之用。"

"但那是朋友专程送你的。"

"如高僧所说，最重要的是把它们交到有缘人手里。当我看到这唐卡，不明所以地让我想到你，好像你们之间有某种联系一样。还有，你不是也在寻找法器做能量实验吗？这对银镯也许也在等待着被发掘呢。"

"你的意思是说，你在寻找东西的同时，东西也在寻找合适的主人吗？"

"那是缘分。"Jenny笑笑说。

我从Jenny手中接过那幅唐卡与那对银镯。唐卡的尺寸比我想象中大上许多。画中的神祇就如Jenny所说，形象慑人，小孩子看到应该立即会被吓哭。但是我却从那里感觉到一种强大的力量，相较于宝瓶，是性质非常不同的能量。

至于那对银镯，正好符合我的需求，可作为盛载能量的理想法器。这对银镯各自有八种不同的图案，手工非常精细巧妙。

我翻查宗教艺术的书籍，发现手镯上的图案原来是八种藏传佛教的吉祥物，包括宝瓶、宝伞、法螺、法轮、双鱼、莲花、如意结与胜利幢。两只手镯虽然从外表看上去一模一样，只有尺寸的些微差异，但戴在手腕上的感觉却是完全不同，就如宝瓶跟唐卡有两种极端的属性。

自从找到天地之心后，我明白天地宇宙间的能量属性与本质，予以运用便可改变人的气场与环境的磁场，平衡调和当中的地、水、火、风、空五大元素。现在做月禅时，我不再需要寻找月亮，或借着宝瓶打开能量之门，我只需要静心内观宇宙大地，天地之心便会出现。

当我戴着那对银镯，感受天地之心的同时，尝试将能量引导到手镯之上。之前我曾以不同的对象做试验，可是一直没有成功，感觉上那些对象跟我之间欠缺了某种重要的联系。起初我并不明白那是什么意思，后来的一个梦，才让我理解了当中的关联性。

在梦中，我回到了两年前在新加坡的射击比赛，那是我职业生涯中唯一一次参加的国际性赛事，玩票性质的我竟以优越的成绩拿了三枚射击金牌。对于严重肢体受伤者来说，那是真的跌破他人的眼镜，连我自己也有些不能相信，那一阵子身旁的朋友都戏称我为"残而不废神枪手"。

但是在梦中，我却完全发挥不出应有的水平。我紧握着枪柄，全神贯注地瞄准目标，慢慢调整呼吸，以均匀的力道扣动扳机。撞针清脆地打在子弹的底火上，发出爆炸的声响与火光。子弹朝目标高速地前进，可是却一次又一次地从目标旁飞过，就只差一丁点的距离。不管我发射多少子弹，那人形标靶还是纹丝未动，丝毫未损。

我有些气馁，放下双手，看着自己手中的枪，才忽然意识到那不是我惯用的手枪。虽然外表与枪身编号并没有任何改变，但从手枪的触感我可以清楚判别，那不是我的手枪，我跟它之间并没有默

第九章　天使与魔鬼

契与联系。

之后，我并没再以任何东西做实验，只是一直在寻找与等待属于我的东西。我相信当真心真意追求某样事物时，整个世界都会联合起来帮助你。这对银镯就是像听到我的呼唤一样，辗转地来到我的手里。

当戴着这对银镯做月禅时，我感觉手镯跟我的身体互相连接，能量流向并没有受到任何阻隔，我首次成功地把那能量引导到身体以外的对象上。

我花了大概一个月的时间，把它们重新炼成一对注满能量的手镯。但奇怪的是，两只手镯各自泛着不一样的光芒，不只光芒的颜色不同，连所发出的声音频率也都不一样。

严格来说，两只手镯所拥有的能量强度是相等的，只是能量的性质不一样，甚至可以说是相反的。若以阴阳来做比喻的话，一个具有阳性特质，一个具有阴性特质。两者的属性虽然是看似对立，却非位于同一尺度的两端，而是各自作为两种不同的尺度，所以两者并非此消彼长的组合，只是纯粹在性质上的不一样而已。就像一个出色的芭蕾舞者，他或她的肢体必须同时具备阳性的肌肉力量和阴性的柔软线条。

当两只手镯靠拢在一起时，光芒与音频却出奇的和谐，更有一种说不出的共振合鸣的感觉。虽然当中的任何一方皆为独立而完整的存在，但只有在两者并存时才能产生完全的圆满。

我把大的手镯靠近宝瓶，发现它们的属性是一样的，而小的手镯却跟唐卡的属性相同，好比各自代表光明与黑暗的力量。

第十章
魔鬼的手镯

我正想把手镯的事情告诉Jenny，却没料到电话里传来她受伤的消息。

"大约三个星期前，当时我在病房当值夜班，刚对病人完成例行巡查，时间大约是半夜三点。我回到自己的座位上，突然听到有人按门铃的声音，我心想这么晚了是谁。于是我打开门查看，门外却一个人也没有，长长的走廊空空如也。

"起初我还以为是自己的错觉，但是过了15分钟门铃再次响起来，而且响得比之前更急促。我走去应门，但发现门外根本没有任何人的踪影，我心里感到一阵寒意，赶紧把门关上。类似这种怪异的事情，偶尔也从同事口中听闻过，但亲身碰上却是第一次，所以还是有点惊慌。

"那时我听到一阵像风的声音。之后我返回自己当班的座位，坐下来时却一屁股摔在地上，椅子像被人从后拉走一样。在这里工作了这么多年，这种事情还是第一次发生，我心想真是见鬼了。"

"你当时摔得很严重吗？有没有立即去看医生？"

"当时只感到一阵痛楚，并没有什么大碍，很快便站起来继续工作。直到下班后，觉得脊髓末端有些刺痛，双脚有点麻痹。没想到情况愈来愈严重，疼痛与麻痹的感觉不断加剧。第二天一早便被送进了急诊做详细检查，所有检查结果均属正常，并没有找到任何严重创伤。但情况并没有改善，止痛药的剂量不断增加，下肢乏

第十章　魔鬼的手镯

力，连远一点的路程也走不了。"

"或许我可以给你一些建议，我现在过去看看你好吗？"

我约了Jenny在她家附近的咖啡店见面，离家前我替她占了一个卦。不祥的卦象，大意是说有魔障缠身，风邪入体，但一切皆有因果。如要化解，必须以善报善，以魔制魔。

我看到Jenny时有些惊讶，一个月前的她还神采奕奕，容光焕发。但如今她不单面容憔悴，身体也消瘦了许多，走路时还须依赖拐杖。但最让我不安的，是她身上附着一层淡淡的阴邪之气，这种气息有时会在死于非命的尸体上看到。

"你的气色很差，好像伤得很严重。"

"我也不知道到底怎么一回事，专科医生已经看了好几个，能做的检查都做过了，但就是找不出确实的原因。我这三星期都是靠吃止痛药度过的。现在双腿麻痹无力，我很担心能不能治好，我不想一辈子这样过。"

"我明白你的感受。我当初受伤的时候，也有这种绝望无助的感觉。但你看我，现在不是康复了吗？生病的过程总是消磨意志，不要气馁与放弃。"我鼓励她。

"我在医院里看得太多了。很多病人一直坚持不放弃，但到最后能康复的又有几个。"Jenny低着头小声地说道。

"最近你有碰触过死人吗？"

"我是在老人病房工作的，差不多每天都有病人过世。"

"我指的不是因病自然过世的病人，而是像自杀或意外的那种。"

"说起来好像有一个。大概两个月前,病房来了一个脾气古怪的独居老人。老人无亲无故,被送进来时,右脚有一道很深的伤痕,但因糖尿病的关系,伤口久久不能愈合,甚至已经开始溃烂。医生要帮老人截肢保命,但老人不肯接受手术,一直嚷着要出院回家。他不肯进食,连药物治疗也拒绝接受,不断大吵大闹要离开。他的情绪与身体状况非常不稳定,加上缺乏自我照顾能力,院方不让他自行离开。

　　"那星期我刚好值夜班,有一天的午夜,老人按动床上的召唤钟,我以为他发生了什么状况,赶紧去查看。老人当时坐在床沿,一看见我便苦苦哀求要我让他离开,好像说他有未完成的心愿,不可以死在这里。我耐心地对老人解释,但他不肯听,坚决要走,后来强行下床,以致摔倒在地。为了安全起见,我别无选择,只好把他绑在病床上,他不断挣扎,怒吼了一整个晚上。第二晚值班时,老人还是动弹不得地被绑在床上,同样大吵大闹了一整夜。直到第三晚,老人变得出奇安静,我帮他例行检查时,他什么也没说,只是一直以怨恨的目光瞪着我。其实我心里很难过,也不想这样对待他。我的职责是拯救生命,但到底又有谁真正有权决定自己的生命呢。"

　　"我明白你们两个人的感受。其实我也有过这样的经历,宁愿死亡也不要接受手术,我想当时也十分为难救我的医护人员。或许我可以以病人的身份,代老人向你说声谢谢与对不起。"

　　"希望他真的可以明白。"Jenny眼泛泪光。

　　"后来老人怎么了?"

　　"第四晚值班时,我发现老人的病床空无一人,细问才知道老

第十章　魔鬼的手镯

人那天黄昏已经过世了。之后病房一切如常。"

"话说回来，出门前我帮你占了一个卦，是天魔卦。魔罗天魔已出现，所占皆见不吉祥，恰如火烧新房屋，占者难免心忧煎。"

"好像很不好的卦，你什么时候学会占卜的，从来没有听你提过。"

"那是文殊三十二卦。其实当你能用内心的眼睛看清这个世界时，你便能解读宇宙大自然给你的信息，所谓占卜也是一样。"

"说到文殊菩萨，我问了那位送我唐卡的朋友，才知道唐卡里的神祇，原来就是文殊菩萨的愤怒相，你好像跟文殊菩萨很有缘分。那我现在该怎么办，真的有妖魔鬼怪缠身吗？"

"我会以科学的角度去看，可能只是一些负面的能量，如所谓的怨气、怒气和邪气等。你的身体被这些负面能量侵袭，因而做出了现在的反应。或许我有办法可以帮你，但是这个办法里的某些地方我还没有完全理解，你敢不敢尝试？"我隐晦地说。

"反正连自杀也想过了，没有什么好怕的。"

我从袋中拿出两个盒子，盒子里装着的是Jenny送我的那对银镯。我让Jenny把两手张开，把银镯放在她的手上。如我所料，只有小的手镯与Jenny产生一种微妙的共振，或可以说两者间的能量频率是相同的。

"这只手镯或许可以帮你化解身体里的负面能量，它跟你一样带着相同属性的能量。它会将潜藏的负面能量释放出来，然后以同类疗法的原理，以毒攻毒，以魔制魔。"

"就像魔鬼的手镯。"Jenny比喻说。

"你也可以这么称呼它。但我要先说明，我只是刚刚完成能量灌注的部分，还没有清楚了解它可能引起的身体反应，也没有进行过任何测试，所以可能存在一定的风险。"

"我不怕，你不觉得整件事情像早有注定吗？如高僧所嘱咐的，把银镯交到帮助你的有缘人手里，对我来说，你可能就是那个有缘人。我帮助朋友所以得到它们，你拥有它们是为了帮助我。"

"这是卦象所谓的因果，所谓的缘分。"我答道。

临离开前，Jenny把魔鬼手镯戴在手腕上，然后撑着拐杖蹒跚离去，我把另一只手镯放回袋里，点了续杯的咖啡。

第三天早上，我接到了Jenny的电话，她以疲倦惶恐的声音跟我说，昨晚发生了一件恐怖的事情，她取下了魔鬼手镯放回原本的盒子里。

我们相约在上次的咖啡店见面。跟三天前一样，Jenny依旧撑着拐杖。但她面容看来比之前更苍白憔悴，好像曾经受过惊吓的样子，眼神空洞，说话时嘴唇微微地颤抖着。但是那层笼罩她的死亡之气却消散了。

"我把手镯还你，我不希望再见到它。"Jenny把装着魔鬼手镯的盒子退回给我。

我把盒子打开，看见里面的手镯吓了一跳。

"怎么会变成这样，到底发生了什么事情？"

"你先把盒子盖上好吗，我感觉浑身不舒服。"

其实不单是Jenny，我也同样地感到一阵晕眩，而这种负面能量是盒中的手镯发出的。我把这手镯交给Jenny时，是闪闪发亮

第十章　魔鬼的手镯

的，八种吉祥物的浮雕清晰可见。但现在的手镯不但暗哑无光，浮雕的边缘更是褪色发黑，像经过长年氧化。除此之外，手镯上覆盖着一层薄薄发光的黑色雾气，就是这种能量让人感到晕眩疲倦，心情沉重。

"我戴着手镯的第一天，并没有碰到什么奇怪的事情，也没有什么异样的感觉。但第二天起来后，我的心情开始变得沉郁不安，脑子里总是出现一些负面的想法，感觉旁人都是以鄙视嘲笑的目光看我。我没有任何食欲，对所有的事情也没有兴趣。第三天的感觉更糟糕，我对康复完全失去信心，对未来生活感到绝望无助，整个人像被无力失重的感觉所侵袭。我仿佛听到一个声音，不停地叫我吞服所有的止痛药，从这无尽的空虚痛苦中解脱。有好几次，我发现自己手里拿着大量的药剂，像着了魔般坐着发呆，我也被自己这些不正常的举动吓了一跳。"

"对不起，我不知道会有这样强烈的反应。"

"然后昨天晚上，发生了一件骇人的事情。当时我正准备睡觉，在浴室里梳洗，我又听到叫我自杀的声音。我胃部感到一阵翻滚，不住地剧烈呕吐，身体也不禁抽搐起来。过了大约十分钟，我停止了呕吐抽搐，全身无力地趴在洗手台上。我抬头往镜子里一看，镜中的我面孔扭曲，双眼深陷，表情阴森恐怖。那声音对我说，毁掉这里的一切，包括我自己。我走到客厅的佛坛前面，有一种莫名的冲动，驱使我将供奉的佛像摔毁。突然间，我感到手镯一阵灼热，手镯就是在瞬间转黑的。我非常害怕，立即脱下手镯，把它关在佛坛的抽屉里。对我说话的声音消失了，但抽屉里的手镯却发出奇怪的低鸣声。我连忙跑进卧房，将自己锁在房里不敢出去，一直到天亮为止。早上的时候，我再次出外查看，奇怪的低鸣声停止了，一切好像又恢复了正常。"

"发生这么严重的事情，你应该早点告诉我。"

"虽然我不确定是否所有的事情都跟这手镯有关，但我相信这手镯从我身体里唤醒或释放了某些可怕的东西，也许是隐藏在心里的负面能量。"

"对不起，这手镯的魔性能量让你受惊了。"

"不必道歉，你忘了这手镯是我送给你的吗？有些事情或许是因或许是果，是注定要发生的。不管如何，还是谢谢你为我所做的一切。"

"请相信我，你很快会痊愈，像从前一样愉快地走路。"我诚恳地说。

我是真的这样相信，因为我再也看不见她身上的阴沉之气了。此刻她身上有着一种被冲刷过的清新，像洪水乍退的泥泞大地，将会再次孕育新的生命。

回家后，我花了好些时间清除魔鬼手镯上的负面能量，将手镯重新净化。魔鬼手镯恢复了它的闪亮，与拥有的正极能量的天使手镯互相共振合鸣着。

一星期后，我接到Jenny的电话，她以轻快的声音说："我已经不再需要依赖拐杖，痛楚与麻痹的感觉完全消失了。不单这样，我的身体比受伤前更充满活力，思路也比从前清晰敏捷，真的是很神奇的改变。谢谢你。"

第十章 魔鬼的手镯

我并没有说什么，只是替Jenny的康复感到高兴。其实我也一直在等着这通电话的到来，现在总算放下了心中的牵挂。

当天夜晚天空悬着一轮满月，我走上天台，在月禅中与智慧老人开始对话，我询问了有关影子的事。

"分离的影子就如把黑暗从光明中分割一样，产生了神与魔、善与恶、阳与阴等等的对立性与分别心。只有把对立的两者结合，才能与影子合而为一，回到生命原来的起点。寻回黑暗自性，与光明自性结合，最后的印记便会重现。纯然本心就是封在最后的印记里。"

"纯然本心……"我说道。

"看见天地之心与纯然本心才能找到回去的道路。"这是智慧老人最后的话。

做完月禅后，我脱下天使手镯放在宝瓶上，做了一个决定。我必须借助魔鬼手镯的力量，寻回分离的影子。

第十一章
黑暗之心

戴上魔鬼手镯以后，总觉得眼前的景物变得有点朦胧，空气像浮着一层薄雾，阻隔了部分的光线。基于好奇心，我翻查最近的天气报告，记录显示空气中的悬浮粒子数量并没有显著增加，也没有任何灰霾与烟雾的报告。也许这层雾气只是在我身边凝聚，有目的地笼罩着我。

如Jenny所说，魔鬼手镯会不知不觉蚕食心情，令你对身边的人和事逐渐失去兴趣。我每天还是维持机械性的上班生活，一个人关在办公室里，以最短的时间完成迫在眉睫的工作，因为人死了还要处理一大堆所谓紧急与必需的事情，我开始觉得莫名其妙，这无意义的作业让我感到厌恶。我发现正面的思想被彻底覆盖了，脑中浮现的都是负面的想法。我最常做的事，便是看着办公室墙上的挂钟，追随着指针转动，消磨多余的时间。在日常生活中，我尽量减少跟别人接触的机会，避免不必要的对话与交流，远远地与人保持距离。下班时赶快回家，拉上窗帘，然后躺在床上昏睡。直到午夜12时左右，自然地被唤醒。

醒来的目的，是为了要在夜间走路。我跟随着影子的脚步，在街上漫无目的地行走。

有时候，影子得走上两三个小时才愿意停下来。我们穿过大街小巷，从喧闹的街道走到寂静的田野，从灯红酒绿的酒吧到达四处无人的坟场，我们一起到过各式各样奇怪的地方。但在那以前，影

第十一章　黑暗之心

子一句话也没有跟我说过。

由于生活时间的日夜颠倒，一星期下来，我的面容变得憔悴，体重也明显下降。我既没有任何的食欲，也并不感到困倦，每日只以最基本的营养与休息，勉强地维持着生命的运作。

直到第八天的午夜，我跟着影子走到码头旁的一处地方，附近有一些零星的食肆与酒吧，但由于地理与交通的不便，这一带的游人并不多。影子在海边的尽头徘徊着，越过一条双线单程的行车道，到达一个小小的公园。面对着海的方向，立着两张木造的长椅，刚好眺望维多利亚港西面的尽头。

在那儿，影子终于打破沉默，跟我说了第一句话。

"坐下来吧。"

影子指着其中一张椅子。这跟他初见面时说的第一句话一样。除内容相同外，说话的方式与语气也是一样，省掉应有的称呼，没有多余的礼貌客套，只是直接地传达需要的讯息。

"我们每天这样走路，有什么特定的目的吗？"我问影子。

"为了寻找合适的地方，这里。"

"这个位置是合适的地方。"我再一次确认影子的意思。

"这里是让你寻找黑暗之心的地方。这个地方的磁场，在时间之流上产生一个缺口，形成一处时空交叠的异域，让人可以自由穿梭于过去的记忆，如同快速进入深度的催眠状态。"

"你的意思是说，黑暗之心埋藏在过去的记忆里。"

"那是原来本性的一部分。很久以前，纯然本心被分割成两半，向着光明的为善，背向光明的为恶，两者互相对立并存，就像吃掉伊甸园里的分辨善恶的禁果一样,从此世界上的事物被重新分类定性。"

我从口袋里拿出一枚硬币,朝上的那面是一朵洋紫荆,朝下的另一面则是数字。

揭开硬币的背面,重新认识黑暗的本性,因为这样才能将两者完美地连接,回到原本的起点,找到纯然的智慧。

我把硬币抛到半空,硬币在空中快速地旋转。此刻我看到的,不是硬币的正面,也不是它的反面,而是两者合而为一,含有数字的紫荆花。

"回到吃掉禁果之前,光明与黑暗还没有被分割的时光,纯然的本性就在那里。"影子说。

"但怎样才能寻回黑暗之心?"

"我已经帮你找到时间的缺口,释放覆盖了你的光明的雾气,接下来得借用魔鬼手镯的力量,助你揭开被埋藏的黑暗记忆。"

我想到眼前景物的朦胧,原来是影子的雾气造成的,当光明被掩盖,黑暗与负面的思想便可以自由游走。

"万恶皆为一体,不要被黑暗之心不同的面目迷惑。理解它们的差异,自然能够找到它们共同的地方。当你能通过这考验,释放黑暗的同时,你也将被黑暗所释放。"

之后一阵沉默,我们谁都没有说话。我在思考所谓黑暗的不同面目。不同的宗教,不同的文明,曾经对于黑暗有着不一样的演绎与记载。但如果它们都只是黑暗不同的显现,那真正唯一的黑暗到

第十一章 黑暗之心

底是什么？

忽然间，我感到右手腕一阵微微的灼热，那热力来自魔鬼手镯。我看着手镯上八个闪闪发亮的吉祥图案，脑海里闪过一个念头。Jenny之前说过，当内心的魔鬼出来时，手镯会瞬间转成黑色，那是手镯吸收负面能量后迅速氧化的效果。

我只要把心里的魔鬼释放出来，待魔鬼手镯完全变成黑色以后，黑暗之心便会浮现。

我闭上眼睛等待，眼前的景象变成了小时候的学校，那是小学二年级的教室。

我回到了小时候，穿着夏季校服在听中文老师的课。我坐在窗户旁的后排座位，心不在焉地看着别的地方。沿着视线的方向，看见自己一直盯着同学桌上的一个东西，那是个尘封在记忆深处的铅笔盒。

小时候有款铅笔盒非常流行，笔盒上面附有一排不同颜色的按钮，只要轻轻按下，相关的组成部分便会自动弹出来，活像一个装了秘密机关的潘多拉盒子。

我一直渴望拥有一个这样的自动笔盒，曾多次哀求妈妈买给我，可是以家里的经济条件，根本没有多余的金钱购买这奢侈的东西。

这时下课的钟声响起，大伙儿都跑到操场上游玩，而我留在教室里装作温习功课。在没有人注意的时候，我悄悄走到同学的位置，拿起别人的自动笔盒把玩。然后我看见自己偷偷地把笔盒藏在衣服里，蹑手蹑脚地走进学校的厕所，躲进其中的一间并赶紧把门锁上。我把笔盒藏在抽水马桶的后面,打算放学时回来取走。

过后我如常上课,但在快要放学的时候,训导主任突然走进教室。他说有学生报告说东西不见了,怀疑是被班上的同学偷去了,所以要搜查在座每个人的书包。训导主任不断威逼利诱盗窃的同学自首,但我没有承认的勇气,只害怕得不住颤抖。最后我总算侥幸地逃脱了,也没有去取回那个自动铅笔盒。

那是我有记忆以来的第一次贪婪,首次把贪念付诸行动。往后的岁月里,我还看到许多因贪婪所犯下的过错。原来贪念真的可以无处不在,只要眼睛看到的,思想能及的,贪念便随之而起。而且贪婪不仅只局限于物质,权力、名誉等非物质的东西也一样能成为对象。我之所以贪婪,是因为我要更多,因为我不满足。

我人生中最大的贪婪,要算是飞行意外前的那段投资经历。当时我深深感到单靠工作上的努力,改变不了现有的生活,要迅速提升生活的质量,必须采取更积极进取的方法。我一口气把银行里所有的积蓄提走,投进疯狂的股票市场。贪婪加上运气,没用多久我便赚了相当于一年工资的回报。有了这次成功的经验,我变得更胆大妄为,开始觉得努力工作是愚蠢的行为。

我把投资的筹码不断加大,赚取的回报亦不断增加,短短半年我的存款暴增了十倍。这时我开始意识到这种风险投资的极大危机,不安的感觉不断加剧,正想要撤出这疯狂的市场时,一个突如其来的消息改写了整个结局。

第十一章　黑暗之心

我从股票经纪好友那里得到一个内幕交易的消息，他所有的亲朋好友也已押注了毕生积蓄。我考虑了一整夜后，决定赌最后一把，希望借这最后交易赚到足够金钱退休。结果股票涨了一天之后便一泻千里，后来才知道是公司主席涉及经济犯罪，被有关当局刑事拘留调查。我不单输掉之前的利润，最后连原来的本金也赔上了。

重新经历这些人生的起落时，我深深体会到自己贪婪的本性，贪婪让我获得更多、更大的享受，但也让我感到更多、更大的不满足。贪婪是好，也是坏；成也贪婪，败也贪婪。到底贪求什么，什么才是我生命中最重要的东西。不知道为何贪婪而贪婪是非常愚蠢的事情，反被贪婪奴役驾驭更是可悲。

走出贪婪后，我像从白日梦中醒来，四周无比的宁静，一个路人也没有。我看见腕上的魔鬼手镯，第一个图案转成了黑色。

第二天的午夜时分，我跟影子回到同一个位置坐着。浓浓的夜色无边，我掉入了回忆里。

我看见小时候生活的房子，一幢又一幢密密麻麻的公共房屋，我在房子所在的公园里走着，身旁还有人跟我在一起，是我的外婆。那一年夏天，外婆从大陆的乡下申请到香港来探望我们，我刚好带着外婆到公园散步。

忽然间，我看到几个班上的同学迎面而来，我立即甩开了外婆的手，向另一个方向跑开，装着不认识她。因为害怕被同学取笑，害怕同学知道我有一个乡下的外婆。同学们走远后我跑回公园，看见外婆一个人坐在长椅上，外婆问我是不是嫌弃她，我十分惭愧地低头不语。但外婆并没有生气，还轻抚我的脸微笑地向我说对不起。回想起来，小时候常因家境贫穷，遭受同学的白眼或鄙视。学校旅行时，同学们都在玩掌上电子游戏机，带着新款的卡式录音随身听，而我都只能安静地看着他们炫耀。

初中时代我开始当家教老师，替小学生补习功课赚取额外的零用钱，为的是能与朋友们一起去打电动和台球，不要被朋友们疏离。

这种隐藏的自卑后来成了我的推动力，因为我明白在这个唯物主义的社会，人是不知不觉被划分成不同等级的，不想活在别人的脚下便得努力往上爬，我唯一的选择只有考上大学，只要一不慎跌出这教育制度，我便永无翻身的机会了。

所以即使没有任何管束，我也自觉地努力读书，不让自己成为别人的垫脚石。

由于学业上的成就都是靠自己努力争取得来，自卑的感觉慢慢消失，换来的却是傲慢。我开始相信自己的能力，深信自己比一般人优秀，更多的考试，更多的挑战与比较，进一步证明我的与众不同，我的出类拔萃。我自以为拥有渊博的学识，非凡的才智，上天能飞，入海能游。我享受别人称赞的同时，心底却是对别人的嘲笑。

然后，我再一次看到意外的发生经过。那天早上我驾着新型的PW5滑翔机试飞，滑翔机的高性能让我兴奋莫名。原本为期三星期的高阶飞行训练，我只用了一个半星期便完成了，但过

第十一章　黑暗之心

度的自信让我忽略了危机处理的实习经验。在第二次试飞的时候，拉动飞机起飞的钢索给卡住了，飞机被拉扯得严重失去平衡，机翼丧失了应有的承托力，使飞机急速下坠。

遇上这种罕见的意外，即使经验丰富的机师也不一定能救回飞机，更何况我的慌乱令决定变得迟疑，那不容许的迟疑造成了不可挽救的意外。

多年的努力，使我从一无所有到能与天比高；但一次意外，让我又摔回一无所有。我的傲慢只不过是另一种自卑，填补缺乏的安全感。爬得越高，跌得越深；拥有的多，失去的也多。在无常的生命中，比较是无意义的。当我放开紧握的双手，手镯上的第二个图案已不知不觉转成黑色了。

第三个黑夜。

晚上的天气十分闷热，没有一丝风，云停止了流动，树叶也不再摇摆，仿佛一切都静止下来。我的心情刚好相反，变得比平常烦躁，血管里的血液在加速流动，呼吸沉重起来。可是影子看起来跟前两天并没有两样，维持着平常冷酷的姿态，隔着那看不见的隙缝与我对坐着。

今天从早上开始便碰上很多不顺心的事情，首先，开车上班时差点跟旁边胡乱超车的货车碰上，幸好我及时刹车，但却打翻了咖啡，把地毯全弄脏了。回到办公室后开了一个无聊的会议，表面上是为了关怀员工，提高士气，但实际上却是发生问题推卸责任，以保护上级阶层的利益。

下班前读了本年度的个人评估报告，内容一如以往，空泛不

生命回旋

实。自受伤以后，这些报告变得毫无意义，我的职业生涯已被划了叉，因为别人看到的不是我的工作表现，而是我身上的残障。这种歧视不公的现象并不只存在于现在的工作机构，而是整个社会普遍的眼光使然。

碰巧几件不顺心的事情再加上闷热的天气，所以心情变得浮躁。正当我有些坐立不安之际，不知从哪里来了两个染着金发的青年，拿着满袋的啤酒坐在我身旁的长椅上。他们一面高声喧哗一面喝酒、抽烟，彻底地破坏了原来的宁静。

烦躁的心情加上吵闹的环境，让我无法好好进入回忆，只好忍耐等待两人的离去。大概过了一个小时，两人还没有离开的意图，而且丢了一地的烟蒂与空啤酒罐。此时一个拾荒的老伯经过，他弯着腰一拐一拐地从马路的对面走过来，背着一个大尼龙袋子，装着拾回来的空铝罐。

老伯从地上捡起金发青年丢弃的啤酒罐，一个一个地放进背上的尼龙袋里。当他想拾起最后一个空罐时，较高的青年突然故意把罐子踢向另一人的脚边，老伯扑了个空，转身再向矮个子青年走去。但当老伯弯身时，矮个子再故意用力踢走。两人不但戏弄老伯，还嘲笑他动作迟缓。我站起来拾起罐子，然后放进老伯的大袋子里，老伯什么也没有说，步履蹒跚地离开了。

两名金发青年以非常不友善的目光瞪着我，还破口大骂我多管闲事，我并没有理会他们，返回自己的座位上安静地坐着。对于我的不理不睬，两人更显得气愤难平，矮个子把手上的啤酒掷向我身旁，示意我把罐子捡起。我看一看两人，弯身把罐子捡起

第十一章　黑暗之心

来，拿着罐子深深地倒吸了一口气，然后使劲地向矮个子掷过去，同一时间跳起，挥拳冲向矮个子。

两人被我突如其来的激动反应吓得目瞪口呆，还不及反应矮个子便中了一拳。高个子向我扑过来还击，但我没有闪避也没有理会他，只是挥拳狂殴矮个子，直到矮个子血流如注倒地。高个子见状也不敢继续同我纠缠，慌忙扶起矮个子逃跑。

我返回自己的座位上，擦干净自己脸上的鲜血，右边的脸颊传来一阵阵的疼痛。我不但没有懊悔自己的冲动，反而感到心情出奇的平静、和谐。我闭上眼睛长长地呼了一口气。

"暴力有时候还是需要的。"影子突然对我说。

"但我不喜欢以暴力的形式解决事情或发泄自己的愤怒。"我回答。

"如果不用顾虑法律的责任或道德的后果，你也反对使用暴力吗？就像回到从前的年代，以暴力猎杀食物，以武力解决纷争。"

"若用以保护生命，维持重要的和平公义，我并不反对暴力的使用。"

"虽然你可选择不使用暴力，但却不能控制愤怒的产生，因为两者本来就是一脉相承的。"

如影子所说，不管我多豁达，还是无法压抑愤怒的产生。这些年来虽然我甚少使用暴力，但心中却积聚了许多的愤怒。这些愤怒有来自命运的不公、别人的侵犯和歧视，也有来自自己的无能与愚昧。我们生活的世界，本来就充满了各式各样的危险，充斥着种种的不公不义，所以愤怒与暴力是与生俱来的自我保护机制，就像病

生命回旋

毒入侵身体，免疫系统做出自然反击一样。

所谓合法地使用暴力，亦只不过是文明社会一种华丽的包装，愤怒与暴力从来没有法理依据，两者只不过是一种本能的反应。但我相信这天赋的本能不一定只适用在破坏与伤害上，同样可以把它用在创造与建设上。

当我看着手上的鲜血时，眨眼间却发现鲜血不见了。不只是这样，就连之前打斗的痕迹，散落一地的啤酒与烟蒂都消失得无影无踪。

正当我大惑不解时，影子忽然对我说："听说过清醒的梦吗？"

"我知道人在做梦时，会把过去的零碎的记忆与压抑的情绪，编写进梦境的情节里，潜意识透过真实的幻象，有效地把这些负面的情绪处理掉。但那只发生在REM（Rapid Eye Movement的简称，指睡眠的快速眼动期)里。所以刚才是我进入了白日梦的精神状态吗？"

"很深的白日梦状态，跟睡眠时候没有两样。"

"难道那两名金发青年与那位老伯从没有出现在这里？"我吃惊地问。

"两名金发青年确实曾经出现过，但吵嚷了半个小时便已离开。那位老伯是你过去被欺负的重塑投影，至少那场打斗，是用来释放你的负面能量与积压的愤怒情绪的。"影子解释说。

所谓记忆这回事，也许跟幻象没有太大差别，人总是分不清不存在的记忆与真实的幻象。

第十一章　黑暗之心

释放了心中的愤怒后，心脏的血管像突然扩张起来，大量的血液流经心脏到达肺部进行气体交换，充满了氧气的红细胞为身体每个细胞带来新的能量。当血液流经我的手腕处时，魔鬼手镯的第三个图案亦染成了黑色。

第十二章
最后的印记

第四个午夜。

星期六的夜晚，路上的行人明显地增加了，连附近的小酒吧也难得地热闹起来了。在这个夏末初秋交替的季节，空气中的炎热潮湿消退了，迎来了阵阵清爽的秋风。

我独自坐在回忆的椅子上。对我来说，周末与平日并没有任何差别，在寻回黑暗之心前，我必须孤独地面对人性的黑暗。

就在我感到有点寂寞的时候，一个青春可人的少女突然在我面前走过。少女大约二十出头，束一尾长直的秀发，不但五官标致，而且身材高挑、丰满。她穿着一件贴身的白色小背心，展现出美好的乳房形状，领口处更露出一条深长的乳沟。她的下身是一袭格子迷你短裙，双腿修长匀称，脚下的红色高跟鞋，散发出若隐若现的性感味道。

少女低着头在我跟影子中间轻轻走过，在两个人身影重叠的刹那，时间像是忽然凝结了。少女身上淡淡的清香飘进我的鼻孔，那熟悉的味道与身影刺激着我的嗅觉神经，唤醒我脑海中的记忆——一个爱慕的故人。

少女走过我的身边，像想起某些重要的事情，突然停下了脚步。她回头看着我的影子，想了一想，然后开口问道："刚才是你把我叫住吗？我好像听到有人呼喊我的名字。"

被这样突如其来地一问，我呆了半晌答道："应该是另有

第十二章 最后的印记

其人。"

说罢我立即瞪向影子："是你做的好事吧？"

"不是我，是你的潜意识向她呼唤的。"影子否认道。

"你好像在跟谁说话？另有其人，这里不是只有我跟你吗？"少女一脸迷惑。

"这个不好解释，但也可以说是我把你叫住的。"我不好意思地说。

"我们曾经认识吗？我感觉刚才的声音很亲切，像是发自心底的呼唤一样。"少女甜美地微笑着说。

"我也有这样的感觉，你跟我回忆里的一个人十分相似。"

"我可以坐下来吗？我从前常坐在这里做白日梦的，这是一个做梦的好地方。"少女像回到家一样抚摸着椅子。

"是啊，这是一个特别的地方，有特别的事情发生。"我在想少女可能知道椅子的秘密。

"还有特别的人。"少女笑笑，看着我。

我们并肩坐着，享受夜晚的宁静和阵阵的秋风。少女身上的香气再一次让我想起回忆里的她。

少女拿起我放在椅子上的烟盒把玩，然后从里面抽出一根细长雪白的香烟。她把香烟放进嘴里，点起香烟深深地吸了两口。

"不介意吧？还给你。"少女把吸啜过的香烟送到我面前，雪白的滤纸上残留着她淡淡的红色唇印。

我接过香烟深深地吸了一口，香烟的薄荷气味混杂了她口中唾液的味道。这特别的味道在口中停留不退。我们轮流吸啜着同一根

生命回旋

香烟，直至香烟燃烧殆尽为止，我们谁也没说过话。

在少女抚弄秀发的时候，我无意中看到她背上被头发覆盖着的刺青，飞鸟图案的刺青。

"你背上的刺青是什么？"我问少女。

"让你看到了。那是我18岁时偷偷弄上去的，被老爸发现后，被骂了足足一个多月。那些是带我飞翔的小鸟，你看到的只是其中的几只而已。"

"就像小王子一样，拉着小鸟吊下来的绳索，在宇宙太空中漫游，飞到不同的星球旅行。"我说。

"你怎么知道那是小王子的小鸟？我从小就这样梦想着。"少女一脸惊讶地看着我。

"我从小就迷上小王子的故事，幻想着在天空里任意飞翔。后来我真的学会了飞，只是不久之前从天上掉下来，受了重伤。"

"我可以触摸一下你的疤痕吗？我想感受你飞行时的感觉。"

少女轻轻抚摸我身上的每一道疤痕，那深情温柔的触碰带给我心灵莫大的安抚，让我全身酥软起来。但同一时间，我却感到阵阵的兴奋，血液急速往下体流去，令阴茎迅速膨胀变硬。少女很快便察觉到我的生理反应，喉咙的吞咽声与隆起的裤裆。可是少女并没有因此停下来，她继续轻柔地爱抚着我身体与心灵的伤口，像知道一停下来伤口便永远无法愈合一样。

少女把身体向我靠得更近，我可以呼吸到她的气息与她胴体的香气，听到她乳房下起伏的心跳声音。她仿佛在替我赎罪一样，以她那温柔纤细的双手抚摸我。我到达了兴奋的高峰，身体一阵抽搐，激烈

第十二章　最后的印记

地射精了。直到我的身体完全平静下来，少女才停止她的爱抚。

奇怪的是，我们完全没有尴尬的感觉，好像那是自然不过的事情一样。

"我可以看你背上的刺青吗？我想带你一起飞行。"我问少女。

少女像期待着似的微微点头看着我，然后她把手伸进衣服里将胸罩的扣子解开，将胸罩从衣服里脱下来。她早已变硬的乳头，从衣服外清晰可见。

少女从袋里拿出一件小外套，覆盖在自己的胸前，然后把小背心从后翻起。刺青从她的后颈一直伸延到腰间，如故事书上所看到小王子拉着飞鸟漫游的图案，简单却非常漂亮，像特地为配合少女而创作的图画一样。

我把手指化作画笔，沿着刺青的纹路，在她背上轻轻游走，绘画着小王子的刺青图案。少女兴奋起来，轻轻地扭动着身体配合我的动作，她把双腿紧紧交缠来回地磨擦着。她的呼吸有着低鸣的呻吟，她的体香混合着浓烈阴液流出的气味，少女正在进入高潮的状态，全身不住地抽搐。

高潮过后，少女像瘫痪似的倚靠在我身上休息。我帮她把衣服整理好，我们默默地并排坐着，让脑子暂时清空。我点起最后一根香烟，像之前一样两人一同吸食着。然后少女告别离开了。

我一直不敢认真面对自己的性欲，因为伦理道德或是宗教规范不容许性欲有完全和自由的发泄。若对非法定伴侣表现性欲，更被视为一种罪恶。在中国社会里，所谓万恶淫为首，可想而知性欲是多么可怕的东西。

生命回旋

但我对素未谋面的少女却产生了强烈的性欲,她是一个不被允许的对象。但是少女却让我看到了性欲的本质,比肉体更深层的部分。虽然我并没有进入少女的身体,但却彼此触摸得到对方的灵魂。这种灵性的慰藉让我体会到原欲的交流,比肉体更深层的灵欲。

我明白性欲高潮伴随的官能刺激,是让人极度迷醉的感官极乐,使人沉沦迷失。但那终究只是刹那间的镜花水月。相反,那灵欲的抚慰却能带给人心灵的满足与平静,好比刺青一样留下深刻的烙印,历久不退。

我本想问影子,那少女到底是真实的,还是只是我遗忘已久的故人幻象。那故人其实是我对爱情的憧憬所塑造的影像,配以我喜欢的外表,投射成我的梦中爱人。但回头一想,那已经不再重要。放下了性欲的黑暗包袱,理解了性欲的本质以后,我有一种解放的感觉。留下来的只有淡淡唇印的烟蒂,与手镯上转为黑色的第四个图案。

第五个晚上。

我的精神有点恍惚,可能是因为刚才睡得不太安稳的关系。虽然只是浅眠,但却做了许多零碎的梦,我已经好一段时间睡眠时没有做梦了。我隐约记得其中一个奇怪的梦,梦境里我已经死去,我的亲人与朋友齐集在墓园里,为我举行告别的葬礼,他们献上鲜花后逐一离开,最后就只留下一个石造的墓碑,孤零零地立在墓园中间。但当凑近去看时,墓碑上却是空着的,既没有名字也没有相片,只是纪念着死去的某人。

这个奇怪的梦,让我想到一个曾被朋友问过的题目:假设你即

第十二章 最后的印记

将要离开人世，要为自己立下一个墓碑，你会在墓碑上刻上什么。我是这样回答的，我希望刻下我这一生的事迹。醒来时，我才明白我真正害怕恐惧的是什么。

我小时候十分怕黑，妈妈常说妖魔鬼怪都躲在黑暗里，他们长相恐怖，最喜欢捉小朋友来吃。所以我最害怕一个人待在黑暗里，晚上连洗手间也不敢去。小时候的我，害怕自己幻想出来的东西。

念书后开始害怕考试，害怕不及格被处罚，担心考不上好学校。所以每到考试季节，身体便会抗议，常见的毛病有胃痛与拉肚子。初中的时候更得了胃溃疡，吃了整整大半年药才治好。

青春期到了，开始担心自己的外表，害怕高度不够，拼命地跳绳、游泳。曾经暗恋过班上的一个女同学，但因为害怕被拒绝，最终也没有做出任何行动。

大学时选择了自己喜欢的科系，却害怕毕业后找不到赚钱的工作。后来胆子大了，视野和思想开阔了，热血沸腾地参加了社会运动，为的是害怕自己失去理想随波逐流，担心青春未曾燃烧沸腾便匆匆流逝。

毕业后找到不错的工作，物质生活提升，生活质量改善，却更害怕贫穷，更担忧失去，因为已经回不到原来的生活。就像口袋的钱多了，反而担心钱不够花。

工作上得到晋升，反而处事更战战兢兢。事事小心，步步为营。因为官场上尔虞我诈，争名逐利的环境里找不到一个真心的朋友。害怕被出卖，害怕被欺骗，就像每日发生的平常事。

三十而立，开始思考生死。死亡之所以可怕是因为未知，死去时所经历的种种，疼痛吗？黑暗吗？孤独吗？恐怖吗？另外死后将到达的地方，是天堂？是地狱？是轮回？还是就真的完了？没想到还没参透人生便经历死亡，发现原来死亡并不可怕。在所有的恐惧中，死亡应该是最大的，既然经历了人生最值得害怕的事，我以为恐惧已离我远去，再也无权干扰我。

没想到死过回来以后，害怕与恐惧仍然出现在我的生命中。我在害怕什么？原来我害怕被遗忘，被亲人遗忘，被所爱的人遗忘，被认识的人遗忘，就像一个没有刻上名字的墓碑。所以我希望留下一些故事，在我离去以后可以继续滋润他们的心，继续鼓励、守护他们。

害怕与恐惧，从出生后便一直跟随着我，在人生的不同阶段，以不同的形象恫吓着我，有时成为让我裹足不前的障碍，有时变成让我积极前进的动力，但原来害怕与恐惧只活在我的幻想里。虽然它们都不是真实的，什么事实也改变不了，但却拥有莫大的影响力。揭开了害怕与恐惧的面纱后，我不再侍奉它们，不再为它们所奴役，即使它们一直变相地存在着。与此同时，魔鬼手镯上的第五个图案转黑了。

第六个黑夜。

今晚坐在长椅上时，空白的脑海里忽然浮起一个人的模样——办公室里新来的上司。上司的年纪比我小两岁，刚获晋升成为总指挥，被刻意安排到这个单位来。跟他共事的一个月里，除了必要性的公务接触，我很少跟他进行无必要性的交谈，因为我不喜欢他这个人。坦白说，上司的才能并不高，对工作上的知识也不熟悉，遇

第十二章　最后的印记

上压力更变得情绪化，容易抓狂。但他却得到上层的高度评价与赞赏，在极短的时间内获得晋升。

综合来说，他的成功因素有二：第一是交际技巧，他总能厚着脸皮做一些我们不愿做的事，说一些阿谀奉承的话，建立关系，讨好高层。他所关心的并不是工作上的问题，而是高层在工作外的生活安排，像私人总管多于一个公职人员。有需要时会为高层放话，或是收集下层情报，以是非八卦当作人情礼物。第二是私人关系，他是一位高层长官的亲属，所以处处获得特别的优待与照顾。他被刻意安排在关键的工作岗位，获得人人羡慕的海外训练，走在扶摇直上的青云路上。他是幸运的，一开始便站在比别人优越的位置。

我跟上司的相处不算融洽，也不算愉快，他希望有一个像他一样的下属，我希望有一个跟他不一样的上司。这种搭配就像把咖啡奶精倒进中国普洱茶一样。虽不致互相排斥，但那味道不协调的感觉却让人浑身不舒服。

"你为什么不喜欢他？他跟你有利害关系吗？"影子像能读懂我的心。

"严格来说，我跟他不存在利害关系。也许我不喜欢他以旁门左道的快捷方式，得到别人艰苦努力的成就。"我回答。

"我不明白什么才是正门右道。旁门也是门，左道亦为道，走是别人走，为什么会让你不快？"影子问。

被影子这样一说，我一时间语塞起来。

"你是妒忌你的上司吧。"影子总结说。

"为什么我非要妒忌我的上司，他对我一点也不重要，我也不欣赏他的任何东西。"我否认说。

"但他以比你低的才能，得到比你高的成就与赏识；以被你认同以外的方式，飞得比你高，走得比你快。他的存在对你来说不重要，他的不存在对你却很重要。"

"他的存在让我不快。"我坦白承认这种感觉。

虽然我没有敌意，也不渴望变成他那样，但如影子所说，这也许是一种妒忌，我希望他不要存在于我的工作环境中。一时间我也弄不清楚自己为什么会妒忌这样的人，有点难以接受的感觉。

"你妒忌的不只是这样的人。"影子之后没有再说任何话。

我一向认为自己是个不喜欢与人比较的人，没想到不知不觉间也在妒忌别人。但除了这样的人以外，我还妒忌或曾经妒忌谁？我在众多的脸孔中搜寻，最后出现了一个对我十分重要的人——我的哥哥。

我与哥哥年龄相差一岁半，自小感情很好，甚少争吵打架。自小学开始，我俩便入读同一所学校，我常跟哥哥一起上学。哥哥是一个听话勤劳的孩子，诚实有礼、品学兼优，自小便是老师眼中的模范生。相较之下，我的学业成绩平平无奇，虽不算顽劣，却只是一个大错不犯小错不断的普通学生。虽然哥哥也帮我补习功课，只是我的记性不好，不像哥哥般聪明。

上中学以后，哥哥继续表现优秀，是老师喜爱的学生领袖。哥哥当上了学校社团的团长，带领团员参加各项校际比赛，而我刚巧也是那个社团里的小团员。对于哥哥得到老师的欣赏与同学们的爱戴，我心底里不但替他高兴，也以他为我的骄傲。

第十二章 最后的印记

只是，哥哥的存在却让我活在一层阴影以下。老师们总有意无意地拿我俩做比较，我的记忆里曾听过不少遍这样的话："为什么哥哥这么优秀，弟弟却平平无奇，一点也不像两兄弟。"我就像是活在耀眼的月亮旁边，一颗暗淡无光的星星。

所以后来我潜意识地有点疏远哥哥，不喜欢跟他出现在同一个场所，因为对于这么多年的比较已经感到厌烦。虽然我喜欢哥哥，但他的不存在让我感到更轻松自在。

进大学以后，我开始超越哥哥了，在各方面的成绩也都比哥哥优秀。毕业后，哥哥当上了会计师，工作非常辛苦，但待遇良好，前途一片光明。没想到在刚获晋升的第二年，他便毅然决然把工作辞掉，到国外修读硕士。当然我十分支持哥哥的决定，但其实我心里十分妒忌哥哥那份敢于放下一切，追寻理想的勇气。原来我一直妒忌身边亲近的人，对我生命十分重要的人。

有时比较跟个人意愿无关。你不拿别人做比较，别人也会拿你做各式各样的较量。我们活着的世界所奉行的就是这种主动与被动式的比较制度，为的是要把人划分等级，妒忌自然成了当中的必然副产物。

在无常的生活中，妒忌是无意义的行为，放下自己必须成为焦点的执着后，我是自我小宇宙里的一轮明月，独一无二地绽放绚烂光芒；我也是大同世界中的一颗星子，闪烁映像着无数光体的万千星辉。

第六个图案，转成了黑色。

第七天下午，我收到一封奇怪的电邮，是一个有关食物味道的心理测验。问题是要从甜酸苦辣咸五种食物味道中，挑选出你最不能接受的味道。所测试的题目并没有清楚说明，但这也是心理测验惯常的伎俩，以象征性意义掩饰真正测量的题目。电邮上注明只要把答案填上寄回，便会立即收到测试结果的分析解说。

原来，测试的题目是"你是否活在一个充满谎言的世界"。在五种味道里，酸味的谎言指数最高，达百分之八十，选择者是活在一个充满谎言的世界，充当着骗人与被骗的交替角色；其次是甜味，指数是百分之六十，选择者是活在爱情谎言的世界；苦味的谎言指数为百分之五十，处于一种情非得已、两面不是人的状态；接着是辣味，指数是百分之三十，为了讨好别人、表现完美要撒谎，但对说谎感到压力和痛苦；而指数最低的是咸味，为百分之二十，活在一个真实但残酷的世界，因胆小怯懦而不敢面对谎言。

我所选择的答案是酸味的食物。看完分析结果，我心里的第一个感觉是骗人的，我整理不出食物味道与谎言的相连关系，也看不出当中的隐喻性或象征意义。不知怎的，夜晚坐在长椅上的时候，我脑海里不断想到这奇怪的电邮，一个骗子活在一个充满谎言的世界。

我尝试回想自己曾经说过的谎言，但大多数都是一些零碎与技术性的欺骗，包括考试时偷看同学的考卷，假冒父母在学校通告上签名，对父母撒谎出外玩，或背着女朋友偷偷约会别的女生。诸如此类的谎言多得有点像平常生活的一部分。但这些欺骗的背后动机，都不是建基在伤害别人之上，绝大部分只是想减省不必要的麻烦，免去无谓的解释，或贪图一时之便而已。

第十二章　最后的印记

相反，被骗的经验却不少，曾经被朋友出卖，被爱侣背叛，被同袍陷害，等等。最不能让我释怀的一件事情，是三年前被一个要好的朋友所欺骗。最初好友因为缺乏资金，找我一起投资一个非常有潜质的项目，基于信任与友情，我把自己仅余的积蓄交予好友。后来好友遇上重大困难，我更义不容辞借钱替他解困，助他渡过难关。一年后，项目取得成功，我们当初投资的本金也翻了两倍。

我没有实时取回金钱，跟好友一起把赚到的金钱投资其他项目，但往后的半年里，好友的行为变得有点怪异，说话前言不对后语，有时候很难联络得上。我开始感到有点不对劲，查问投资的细节，但总得不到完整的答案。最后我决定把金钱取回终止有关投资。在退无可退的情况下，好友竟对我说，钱早就被骗走了，他说一年前秘密地跟一个女生结婚，后来钱全被那女生拿走了。

我的第一个反应是愤怒，跟着是深切的伤痛，没想到这一年多他说的竟全是谎话，知交多年的友情最后也落得因财失义。对于好友的解释，我没有深究，也没有选择相信或不信，但我们的友情已经到此为止了。我不希望以后一直抱着怀疑的态度去审视好友所说的每一句话、所做的每一件事，与其这样倒不如不见。最后不但友情没了，更换来一笔债务。

这件事情多少让我对人失去信任，也不愿意跟其他朋友再扯上利害关系，因为我知道面对诱惑的时候，人是十分脆弱的，当然也包括我自己。但除了这件事情，我的人生还有其他更严重的欺骗吗？

最大的撒谎者原来不是别人，是我自己。从小到大，一直欺骗自己，为自己建立一个谎言的世界，就如心理测验分析所说的一样。

三十多年来，我的内心不知道向我呼唤了多少遍，告诉我他真正的理想，他真正的需要，他的追求和爱好。可是我一次又一次捂着耳朵，装作没有听见，只是不断努力建构一个大家认为好的生活，认同所谓合适的人生。我欺骗自己的同时也欺骗内心，让他相信这就是真实的世界，必然的选择，慢慢地内心被蒙蔽了，自我的声音也不见了。直到死去的那一刻，我才发现那是为他人而活的人生，而不是我真正追求的生活。看清自我以谎言构造的世界，让我重新拾回内心最真实的呼唤，那被遗忘了的声音是如此动听。

我带着澎湃的感动与转成黑色的第七个图案，轻轻地，离开了回忆的椅子。

经历了七个黑夜，魔鬼手镯上的七个图案已经转成黑色了，现在只剩下最后一个图案。当魔鬼手镯上的八个图案全部转黑，黑暗之心便会浮现，影子是这样对我说的。

第八个黑夜，天上的月亮被厚厚的云层所覆盖，从云层急促的流动可知道天上此刻正刮着大风，这将会是一个风云变色的黑夜，我期待着它的降临。

贪婪、自卑与傲慢、愤怒与暴力、性欲、害怕与恐惧、嫉妒、欺骗与谎言都已经先后出现了，如魔鬼般展现出不同的面目，从我封闭的记忆中释放出来。但其实他们都是同一个魔鬼，从我无尽的欲念而生，在我的幻想中成长，然后不断繁殖演化，好似病毒一样。今夜我要揭开恶魔的神秘面纱，把他的心脏取出来。

魔鬼手镯发出烫手的热度，高频的震动造成刺耳的鸣叫声，声

第十二章　最后的印记

音划破夜空，与呼啸的风声结合。我掉进无尽的夜空中，手里拿着一个远古的木制盒子，盒子手工非常精细，四周镶有闪耀的宝石，盒面上刻着古老的神祇图案。黑暗之心就是被关在这个盒子里吗？

在希腊神话里，泰坦神族的普罗米修斯用黏土创造了人类，由于对人类的特别眷顾，普罗米修斯计划盗取天火给人类。他偷偷躲在草丛里，趁太阳神阿波罗乘着烈火战车从东方升起时，以一根芦苇从烈火战车的尾端，成功偷取了火种送予了人类，使人类后来成为万物之灵。

众神之神宙斯得悉普罗米修斯的行为大为震怒，为了报复普罗米修斯与人类对神的不敬行为，宙斯命众神创造出一个完美的女人潘多拉。众神把各种才能赠予潘多拉，阿西娜赐予爱心，维纳斯赠送美貌，赫米斯送上巧语，阿波罗送予音乐才华。

宙斯知道普罗米修斯不会接受他的礼物，所以特意安排把潘多拉送给其弟弟伊皮米修斯。普罗米修斯曾警告伊皮米修斯不可接受宙斯的礼物，但伊皮米修斯不理会哥哥的反对，娶了潘多拉为妻子。宙斯送了一个精美的盒子给潘多拉，千叮万嘱她不可以把盒子打开。虽然潘多拉拥有众神赋予的才能，但她有一个致命的缺点，那就是宙斯特别给予的好奇心。潘多拉一直想要偷看盒子的内容，伊皮米修斯不断提醒她别把盒子打开。

终于有一天，潘多拉趁丈夫出门时，偷偷把盖子打开，将关在盒子里的邪恶精灵释放出来，这些象征着愤怒、嫉妒、怨恨、怀疑、疾病等的恶魔一瞬间遍布人类世界，从此为人类带来黑暗。

潘多拉十分害怕，赶紧把盒子关上，但一切已经太迟了，盒子内就只剩下一样东西——希望。

风云退去，夜空变回原来的清澈，此刻天上挂着一轮红色的月，发出令人昏眩的光芒。我看着手上古老的盒子，准备把盖子打开。这时影子忽然出现在我的面前，他从地上站起来了，就站在我伸手可及的面前。

"你真的决定要打开盒子吗？你不怕像潘多拉一样，把里面关着的不知名恶魔释放出来吗？"影子对我说。

"各种恶魔早就释放出来了，我要做的不是把恶魔再次释放，而是要把他们收回。"

"那你知道恶魔的真正身份吗？你就只有一次机会而已，猜错的话，恶魔将永远收不回来。"

我看着影子，然后把手中的盒子打开。

"那是绝望。"人世的各种黑暗恶魔，目的就是要把人推向无尽的痛苦，绝望的深渊，种种的黑暗都是一样的。

黑暗之心就是唯一的，绝望。

当盒子打开后，象征各种邪恶的精灵从四方八面飞来，一时间漫天的邪灵在夜空中飞舞，发出鬼哭狼嚎一样的呼叫。然后所有邪灵向着同一方向飞去，他们全都飞进影子，他空虚的心脏被完全填满了。

"谢谢你帮我找回心脏。"影子说。

然后影子把黑暗的心脏放进盒子里，这时盒子里并排着两个跳动的心脏，一个发出白色的光芒，一个闪着黑色的亮光。

"另一个是你的光明之心，象征着希望。是你在完成十个梦想

第十二章　最后的印记

的旅程中，所有找回来的光明和善良组合而成的。只要把盒子关上，光明之心与黑暗之心便会再一次结合，成为分裂前的模样。"影子说。

我把盒子合上，两个心脏发出的光芒透射到盒子之外，照耀着整个夜空。一阵强光过后，两个心脏已经合而为一，变得像水晶般晶莹无瑕，闪烁着透明的纯粹光芒，那是原来的纯然本心，希望与绝望的完美结合。拥有一切的同时，一切却是空。

夜空恢复原来的平静，但盒子上却浮现出一个像曼陀罗一样的图腾，以四度空间投射的完美几何图案。

"那是最后的印记，盛载纯然本心的曼陀罗，但只有天火才能让最后的印记展现，神送给人类的礼物。"影子提醒着我。

"神送给人类的天火……"我重复着。我突然想起那只像谜一样到访的大黑鸟，如礼物般的芦苇，还有那未点燃的第十根火柴。

"当纯然本心遇上天地之心，回去的道路便会出现，只要打开四度空间里时间的缺口，你便可以沿着天火的道路回到原来的光海。"

"这里是时间的缺口吗？"

"这椅子只是回忆的缝隙，只能穿越过去的记忆。"

"所以缺口不在这里，是在别的地方。"我说。

"我也不知道缺口在哪里，很多人穷其毕生精力寻遍世界每一个角落，也找不到缺口的所在地，所以缺口可能根本不存在于任何地方。"

就只差那一点点，便可以找到回去的道路，回到光海里。那光之海既是生命的起源，也是生命的终结，那里隐藏了所有生命的秘

生命回旋

密——人类的智慧。

"我要离开了，回到黑暗的世界去。我会一直与你同在，形影不离。"

影子伸长手与我紧握着，是我第一次，亦是唯一一次触摸到自己的影子，那既虚幻又实在的感觉，就如把光明与黑暗两颗心连接一样。

我睁开眼睛，天上还是挂着原来的月亮，血红的月色消失了，我手上的潘多拉盒子也不见了。我的心从未感到如此充实，但却没有任何的负载，没有所谓执着的光明，也没有压抑的黑暗，那是比羽毛还轻的透明心脏。

离开前，我把全变成黑色的魔鬼手镯脱下，放回盒子里。我跟影子会十分怀念这地方，这把陪我们度过八个黑夜的长椅。在回家的路上我跟影子说，我一定能打开那时间的缺口，带着他回到原来的地方。影子紧贴着我，那微细的隙缝已经消失了。

第十二章　最后的印记

在无常的生活中，妒忌是无意义的行为，放下自己必须成为焦点的执着后，我是自我小宇宙里的一轮明月，独一无二地绽放绚烂光芒；我也是大同世界中的一颗星子，闪烁映像着无数光体的万千星辉。

第十三章
宇宙坛城

两个多星期的黑夜之旅终于结束，我开始回到原来的生活。对比于两星期前，我的身体出现了明显的变化，面容苍白憔悴，体重一下子下降了近十公斤之多，就如从第二次世界大战的纳粹集中营回来一样。

这一天刚好"她"也从台湾回来。我早上先到了理发店修剪头发，将胡子剃掉，换上新衬衫，驾车到机场迎接"她"。"她"步出入境大堂看到我的面容，一脸惊讶，然后紧紧地拥着我。

"发生什么事情了？""她"皱着眉头说。

"只是去旅行了一趟。"我笑着回答。

之后我在车上把这段时间发生的事情一一告诉"她"，从魔鬼手镯的出现到影子的黑暗之心，有如讲述魔幻故事一样。

"所以你找到了最后的印记。""她"说。

"我只是在那远古的盒子上看过一次，那是一个以四度空间展现的曼陀罗图腾。"

"我可以看一下天使与魔鬼手镯吗？"

"左手腕是天使手镯，载着光明之心；右手腕是魔鬼手镯，藏着黑暗之心。"我把衬衫的衣袖卷起让"她"细看。

"很漂亮的一对手镯，各自泛着不一样的光芒。"

"但我还没有找到时间的缺口。"我补充。

"看来你真的快要回去了。""她"黯然地说。

第十三章　宇宙坛城

"先不要说这些了。我们去庆祝一下好吗？我好像很久没有吃过美味的食物了。前一段时间像得了忧郁症一样，完全没有食欲。"

"好啊，就当是预祝我们下星期的毕业典礼。""她"应和道。

我们到了平常最爱的日本铁板烧店，我点了日本和牛薄烧料理，而"她"则点了海老带子烧料理。料理师傅以纯熟的手法，舞动着手中的铁铲，不用一刻钟便把美味的食物送到我们的盘子上。鲜嫩的薄牛肉煎得恰到好处，肉的表层被高温快速烧熟转色，肉汁与脂肪被紧锁在内，包裹着金黄的炸蒜片与鲜绿的葱花，口感与味道真是无懈可击。

"这素菜是特别送给你吃的，庆祝你俩终于完成学业。"料理师傅端来一盘鲜嫩的素菜烧，内有各式各样的菇类与蔬菜，像一个小小的植物生态园。

"谢谢。"我俩向师傅道谢。第一次到这家店，是刚跟"她"交往的时候，不知不觉已经是四年前的事了。这四年里，每次到来我们都是坐同一张桌子，因为我们十分喜欢这位料理师傅的手艺，那份带着诚意的烹调。

"我的儿子快上大学了，他早前还问我选修心理系好不好？看见你们两个奇怪的心理学博士，我还是回去认真地跟儿子商讨一下好了。"师傅说毕，我们三人一起哈哈大笑起来，就这样我们享受了一顿美味又愉快的晚餐。

一星期后，毕业典礼正式举行。我穿着朱红宝蓝相间的博士袍，右手拿着黑绒圆边的博士帽，站在台下等候学院主任逐一宣读毕业生的名字。"她"就站在我的前面，我俩悄悄牵着手一同微笑等候。主任先宣读"她"的名字,"她"走到台上,校监以传统的仪式颁授博士学位,象征性地以博士帽轻敲了一下"她"的头,我在台下热烈地为"她"鼓掌。

然后主任宣读我的名字,我吸一口气,挺起胸膛走到台上,在水银灯的映照下,我成了台上的主角,接受学位的颁予。在"她"与家人的掌声见证下,我完成了最后一个梦想。

第一个梦想达成的时候,我独自在公园里散步,天地为证,清风为伴。现在最后一个梦想达成了,我的家人与知己好友全都到来庆贺,以生命中最重要的人为证,以雷动的掌声为伴。

毕业典礼结束后的第二天,我跟"她"相约在大学的咖啡店。

"这里是我离开大学以后最怀念的地方。"我说。

"我们一同在这里度过了许多美好的时光,不是常说读书的时候是最快乐的吗?""她"说。

"从很久以前,我就舍不得离开这所学校了,所以离去后又再回来,我的学士、硕士、博士课程都是这样。"我感慨地说。

"我们以后有空也可以常回来,虽然不能再以学生的身份了。"

"再当学生的话,我们也太老了吧。"我开玩笑地说。

"这是送给你的。我知道你快要离去,回到那个地方,这是送行的礼物。""她"从袋子里拿出一幅滚动条。我把滚动条翻开,里面是一幅唐卡图画,图上刻画了许多独特的图案,上方绘了三位神祇的画像,而中间的那一位正是与我关联甚密的文殊菩萨。

"这个星期里,我一直在寻找有关时间缺口的东西。你曾经跟我说,回忆长椅那儿的磁场与时间之流产生特殊的交互作用,形成

第十三章 宇宙坛城

了一道时间裂缝,但那裂缝还不足以成为时间缺口。如影子所说,时间缺口可能根本不存在于世界任何一个角落。所以时间缺口不是我们可以寻找得到的,而是要我们自己去打开。""她"说。

"在时间之流里打开一道缺口。"我重复"她"的意思。

"要把缺口打开就得改变地方的磁场。之前你跟我说过,改变地方磁场最有效的方法,便是风水的应用。我脑海里突然闪过一个念头。这几年里,好像所有发生的事件,或多或少都跟文殊菩萨有关,若说是巧合也未免太牵强了,你跟文殊菩萨仿佛有着某种牢不可破的连接。

"于是我把寻找的范围收窄,集中搜寻有关风水、文殊菩萨与时间的数据,没想到所有的数据都指向着同一样东西,就是这幅文殊菩萨的斯巴霍图。""她"说。

"文殊菩萨的斯巴霍图。"我看着这幅星罗棋布的风水图像,好像一些隐藏的记忆被突然唤醒。那感觉就如之前看到文殊菩萨的三十六卦占卜一样,一份遗忘了的熟悉感觉涌现出来。

"我不懂得风水,也不明白图像里的寓意。我所能做到的,就只有这样。"

"很感谢你,这已经足够了。"我向"她"道谢。

自从懂得沟通、连接与借用大自然的力量后,我明白每处地方的磁场与能量是不一样的。我开始对古代的风水学问产生了浓厚的兴趣,研读了很多有关环境心理学的书籍,发现风水学问跟心理学其实有着很多共通的地方。

自古大自然中的动植物,就拥有天赋的本能,可以寻找出最适

2014年在韩国进行禅修,并出版韩文翻译本。

2014年11月9日,重回坠机现场并捡回意外时遗下的太阳眼镜。

心书道治疗示范，把毛笔书法跟禅修、心理治疗结合。

心茶道治疗示范，以正念洗擦五感认知，活在当下。

合生活居住的地方。风水良好之处，必定是气候温和，资源丰富，拥有旺盛生命能量的地方。所谓良禽择木而栖，就连禽鸟也懂得寻找食物、水源充足，能提供良好依靠遮蔽的树木。所以风水本来就是一种相地学，择地而居的科学。

人后来变得聪明了，懂得以有形及无形之手，改造及建构理想的风水环境，包括间隔摆设，或者光影声音与气味，务求改善居住者的健康及运程。坊间的风水玄学理论多不胜数，有分析流年的星宿转移，有术算五行方位，有配以时辰八字，以各种各样的术数阵法扭转乾坤。或许不同派别的风水学说都有其独特之处，只是我还没有找到一派学说跟我的宇宙观抱持着相同的理念。

早前我认识了一位有趣的朋友，起初我们只是一起打坐禅修，后来才知道她已经研修佛门密宗三十多年了。嘉琪本身是一位临床心理学教授，她大胆地将密宗灵学理论与临床心理学结合，创立了一套别具一格并跨越宗教文化的心理治疗学说，我对她这份勇气与创见十分欣赏和佩服。

在一次闲谈中，我得知嘉琪原来也研修密宗的风水学说。这套风水理论以人为本，以气为主导，整个风水布局摆设以气口及玄空八卦为依归。我对这个理论产生了莫大的兴趣，后来更得到嘉琪悉心教授，从而对风水有了更深入的了解。这个理论的奥妙之处，其一在于对生物磁场与生物能量的详细见解，其二是如何通过人的意念改变环境的气场，结合身、口、意三念的力量建构整个风水布局。而这所谓三密加持的理念与我做月禅时的修炼方法，基本上是如出一辙的。

第十三章　宇宙坛城

虽然这个理论给予我很多重要的灵感与启示，但是在我的风水宇宙观里，我更重视基本生命元素的平衡组合，将环境的磁场与气场解构、重组，以四维空间为基础，跟整个宇宙大自然连接，建构一个小型宇宙能量场，就像大自然内的生命元素循环不断，生生不息。

我一直在寻找与等待符合这样理念的风水理论出现，没想到这斯巴霍图竟像奇迹一样送到我面前。而这图内蕴含的风水智慧，跟我的思想理念出奇地相应，完美地填补了我之前感到的缺失。如之前所发生的奇异经历，当你真心追求某些东西时，整个世界都会联合起来帮助你。我的手印、咒语与占卜也是这样寻获的。对我而言，斯巴霍图正是能开启风水智慧的宝物。

我花了整整三个月领悟图中的象征意义。斯巴霍图源于西藏密宗，又称文殊九宫八卦图。图的上方有三尊菩萨，分别象征了智慧、慈悲与勇气三大世间最可贵的力量。

图的中央是文殊菩萨化身而成的金色乌龟，外圈为十二生肖，代表十二地支，配合五大生命元素地、水、火、风、空演化成的天干，组成了六十甲子。中圈为周易的八卦，八个卦象为离、坤、兑、干、坎、艮、震、巽，分别象征火、地、泽、天、水、山、雷、风等八种大自然现象。内圈为按龟背分成的九宫，配合五行术数里的金、木、水、火、土。

左上方为时轮金刚，掌控东、南、西、上、下等十方的三维空间，并支配年、月、日、时所组成的时间空间。而圈外的神兽是号令日月星宿的罗喉。

整个图的布局活像是一个坛城，代表了文殊菩萨的智慧，总结一切时间、方位、风水与地理，是一个包罗万象的时空宇宙世界。

图的另一个精妙之处，是当中所包含的三个咒轮。右上方的回遮咒轮，用以保护整个宇宙坛城，阻挡一切凶煞魔妖，驱走所有障碍和不祥。左下方的是缘起咒轮，右下方的为缘灭咒轮，代表天地万物不生不灭，循环运转，生生不息，包含了过去、现在、未来等三时的生死轮回。

古代的文明与宗教，对宇宙时空竟有如此渊博、精准的了解，并能将这无穷智慧演绎于斯巴霍图中，真是不可思议。但更让我惊讶的，是图里的空性意象，竟与我的宇宙观念不谋而合，那份熟悉的感觉，像久远的回忆被唤醒一样。

我将建构一个宇宙坛城，从那里打开时空的缺口，筑起回去的道路。现在只要等待下一个月圆之夜，我便能回到光海里，回答人生中的最后一个问题。

下一个月圆之夜将是三天后的星期六，被喻为超级月亮出现的日子，届时月亮将以19年来最接近地球的距离出现在夜空中。

在这之前，我还有一件未完成的事情。我约了"她"在我们第一次约会的茶馆见面，我准备要跟"她"好好地道别。

"你找到打开时空缺口的方法了吗？""她"以有些失望的语气问。

"找到了。下一次月圆的时候，我将会回去那里。"

"就是超级月亮出现的那一天吗？好像所有事情早就安排好了，包括你跟月亮的约定。月亮将用最大、最圆、最亮的姿态迎接

第十三章 宇宙坛城

你的到访,以最贴近的距离跟你见面。"

"就如我跟你的相遇一样,早就安排好了,而且我们的约定还没有结束。"

"那一夜我将会眺望着明月,目送你的离去,在你回去的道路上陪伴着你。"

"谢谢你。"

临离开前,我跟"她"紧紧地拥抱着,没有伤感的离别愁绪,只有满满的爱跟祝福,因为我们知道这不是完结。

第十四章
回去的道路

2011年3月19日，晴。

终于到了回去的日子，感觉就像旅行将要结束，启程回家一样。只是这个旅程十分漫长，一走便走了六年多的时间，从起点走了一大圈，又回到来时的路，原来起点跟终点都是一样的。

我曾想过几处不同的地方作为回程的地点。第一处是新西兰飞行基地附近的草地，我从天上掉下来的地方，有着深厚象征意义的起点。第二处是香港维多利亚港海边的回忆长椅，那里有着时间的裂缝，亦是寻找黑暗之心的地方。但最后还是选择了我家公寓的天台，那是发现天地之心的地方。我喜欢一个人坐在那儿赏月。

我把回去所需的东西都放在桌上，有开启天地之心的宝瓶、大黑鸟留下的金黄芦苇、盛载光明与黑暗之心的天使与魔鬼手镯、火柴盒里的最后一根愿望火柴、打开时空缺口的斯巴霍图、文殊菩萨的唐卡、三个写了心咒的咒轮、一个时间沙漏及一根白粉笔。

我在天台找了一处僻静的位置，在水泥地板上以白粉笔把斯巴霍图的九宫八卦绘出来。图的上方放着有缘而来的唐卡，唐卡里刚好有着斯巴霍图上的三尊菩萨，象征无上智慧的文殊师利居中，代表慈悲的四臂观音在左，展现勇气的降魔金刚在右。我将三个写上心咒的咒轮摆放在三个角落，剩下的左上方画上时轮金刚的象征图案，内里放置了一个时间沙漏。最后，我把宝瓶放在九宫八卦的中央，完成了整个宇宙坛城的布局。

第十四章　回去的道路

墙上的挂钟指着晚上10时整，距离午夜只剩下两个小时，在月亮来临之前。

从前常听到人问，如果下一刻你将要离开这个世界，什么是你最想做的最后一件事情。面对这个假设性问题，我曾经有过很多不同的联想，包括跟家人共聚、跟爱人缠绵、跟好友大吃大喝等。但没想到当真正面临离去时，我的答案竟是如此澄明。

我要做的不是道别，而是再走一回，将我的人生再走一回。

现在，我要用余下的两个小时，把我的人生总结，再活一遍。我渴望做的最后一件事，是养心寄情的文人五道。

人透过眼、耳、口、鼻、手五种感官跟外在连接，认知这个世界，但这只是表面的觉受。要体会了解内里的本质，必须以心真切相应。五道对应人的五感，归合于心灵。我希望在离去前，再用心体会一遍。

花、香、乐、茶、书。

从心底去感受生活之美，心物合一找出生命智慧。

首先是花道。我任凭自己的灵感与思绪，摆置出一个反映心境的花席。我把一个官窑的月白瓷盘端放在桌上，釉面上布满了层层的水浪纹片。我早上特别从花市买回一朵紫色睡莲，现在感受到月亮的光芒盛放开来。我把睡莲固定在瓷盘里，把清水注到七分满的位置，然后采下几片金钱草的圆叶浮于水面。最后从鱼缸里捞来一对小金鱼，轻轻放进睡莲池里。

此刻睡莲以苏醒的姿态在水面娇艳绽放，小金鱼悠然自得地在水里游动，泛起阵阵的涟漪，翠绿的圆叶乘着波纹荡漾，一切是如此和谐自在。在此一瞬间,我同邀天上明月、山涧清风,创造出一个想象的蓬莱仙境。

眼前的景象让我回想起最初的自己,沉醉于物欲带来的满足,迷失于浮华的花花世界,总是被事物的外表所迷惑。我以追逐梦想来探求生命,满足无尽的欲望,但空虚的心灵终究找不到所谓的乐土。原来当我敞开心扉,放下执迷时,便能发现大自然的和谐,蓬莱的影踪,正是一花一世界,一叶一如来。

接着是香道。每当心情烦躁时,我都喜欢焚一炉沉香,袅袅的幽香让人平静,通畅身心气脉。

我把香道具平铺在桌上。品香炉是以青铜铸造,三足鼎立,已有上百年的历史。香灰是以松树的针叶烧成,把鲜嫩的松针以人手采摘焙干,加入上乘的宣纸烧成灰。我先将香炭点燃,待炭燃烧至通红。以香铲捣松香灰,再将香灰轻轻压平,用香匙于炉的中心拨开炭孔。我用香箸把通红的香炭埋入,再以一层薄薄的香灰盖上抹平。在香炭的正中心位置以香棒开出一个小气孔,把银叶置于气孔上,准备好进入品香的过程。

我特别挑选了惠安的奇楠作为送别的香气,先用解香刀把奇楠香材切成小片,再以香匙把沉香片置于银叶上。受热力的影响,奇楠里的丰富油脂挥发出来,不消一刻,甘醇清幽的香气充满了整个空间。

此香只应天上有,人间能得几回闻。一股怡人宁静的气息渗入鼻息,直透大脑,所有的起伏的思绪都沉寂下来。香气仿佛正引领着我,寻回一颗平常的心,放下所有的执着,便能得到心灵的自

第十四章　回去的道路

由。正是无念起念念，不为念念缚。

我在脑海里搜索仙境里的天籁之音，从唱片架上取出维瓦尔第的《四季》交响乐，把CD放在音响的转盘上，闭上眼睛等待着。小提琴的乐声徐徐奏起，随着音符的跳动，春回大地，鸟儿们和着微风快乐地歌唱。突然风云色变，雷电交加，但风雨过后，大地冒出翠绿的嫩芽，百花绽放，牧羊人与少女在草地上舞蹈，迎接春天的来临。夏天炽热的阳光照射到大地上，人们和动物喘气淌汗，植物仿佛也烧着了。狂风骤雨的降临，把牧羊人吹得东歪西倒，花草树木也得俯首称臣。秋天送来阵阵的凉风，农夫们载歌载舞，喝酒庆祝大地的丰收，猎人们和猎犬亦成功狩得猎物而归。冬天吹来刺骨的寒风，人们在冰冷的风雪中颤抖，依偎在火炉旁休憩取暖。但冰雪已把大地覆盖，路上的人一不小心便滑倒在冰上。整首乐章糅合诗般的景象，让我想到四季的风光，大自然每一刻的美态。

春有百花秋有月，夏有凉风冬有雪；若无闲事挂心头，便是人间好时节。原来这一切只在乎心，当用心去看，便能发现处处是乐土。因为蓬莱不存在于任何地方，蓬莱只存在于心中。

乐道之后，我开始为自己准备一期一会的茶席。我在回忆里寻找最难忘的一口茶，在记忆中闻到隐约的茶香，看见朦胧的茶色，感受甘洌的茶汤入喉，口齿生津，心领神会。

我寻回了初次的感动。这片多年前偶遇的普洱青饼名为"神沏"，用云南茶山里的百年古树制成，由于没有经过后发酵的处理，不但保留了茶原来的风貌，还保留了老树沧桑的经历。我感受到大地的灵性，令人感动的天地之爱。

生命回旋

我挑选了我所喜爱的本山绿段泥茶壶冲泡这久别重逢的茶。茶不但有灵性，而且充满了个性。一壶好茶，除了茶叶，还需要配合茶人、茶水、茶器与周遭环境，只要些微元素的改变便足以影响茶的滋味。茶道就是一种集天时、地利、人和的生活艺术，必须专注用心才能泡出茶的风韵与真味。

　　我认真地进行每一个行茶的仪式，从烧水、备茶、温壶、醒茶、泡茶，到观色、闻香、品味，怀着感恩的心，珍惜瞬间，活在当下。当我放松眼睛，我的视觉霎时变得清晰明亮，照见了金黄晶莹的茶汤。当我放松耳朵，我的听觉变得敏锐，听见了茶水的翻滚沸腾。我的呼吸放松，为我带来了灵敏的嗅觉，闻到了甜蜜细致的茶香。我的舌根放松，味蕾顿时活跃张开，尝到了醇美回甘的滋味，喉韵历久不散，就如品尝神灵亲手冲沏的绝妙好茶。

　　终于我的心也放开了，感悟到茶的本质。大地孕育滋养着茶树的生长，泉水释放出茶叶原有的滋味，炉火升华了茶味与香气，清风飘送着阵阵茶香。透过喝茶泡茶我了悟到宇宙万物本为一体，生命川流不息，地水火风空的生命元素不停循环化合，万物一体地交互流转。无常的生命既实且空，看透生命本质自然能了悟生死，无善无恶。本着平常之心，放下自身执着，赫然发现蓬莱处处。

　　最后是书道。我拿出文房四宝，打开纸卷，磨墨于砚，提气运笔。我仿佛与手中的毛笔合而为一，在潜意识的状态中恣意地挥舞，我手写我心。我仿佛进入了深度的催眠状态，身心完全放松的同时，精神却无比集中。我看见了智慧老人，他正引领着不同的我到来，既陌生又熟悉的我的模样。在毫无预告之下，他们一个一个

第十四章　回去的道路

地突然在我面前消失，就如从来没有真实出现过一样。最后就只剩下智慧老人与我迎面相对。

"谢谢你一路以来的帮助，在我迷茫时给我方向，在我困惑时给我指引。"我向智慧老人道谢。

"你已经不再需要我，现在是我离开的时候了。"智慧老人笑着向我道别。

"把我舍弃才有我。"我看着智慧老人的身体慢慢消融，变成透明的空气随风飘散，消失无踪。

我在纸上留下了一首诗：

花开花落有尽时，寻香蓬莱无觅处；心茶一盏易悟道，人生几回难言书。

人生如书，书中留白。也许字里行间的空白比华丽的笔触更让人神往。

此时空白的部分逐渐扩大，漆黑的文字逐渐褪去，如散开的墨水般，字的边界变得模糊，中心的部分开始瓦解，最后化作一团，不断稀释透明，不留一点痕迹。就这样，满载的纸张又变回完全的洁白。

我想起人生前三十年的时光，从翻身学爬到冲上云霄，我完成了一个又一个的梦想。我将生命填得满满的，不留一点空白，但原来平添的只是知识而不是智慧，因为回答不了最后的问题，所以只好重来一遍。

意外后，我花了六年多的时间，重新学习以双腿走路，以双眼看世界，又一次完成了重生的十个梦想，将人生的白纸再度填满。

虽然纸上写下的仍是知识,但我却看到了不一样的景象,我眼所见的不再是文字,而是字里行间的空白。

智慧不存于文字间,而是写于空白里。

此刻我的心既空又满,这就是我人生的总结。

我在纸卷末尾写下了五个字,最后问题的答案。

时间到了,我开始建构坛城。我坐在九宫八卦的正中央,结着手印,念着心咒,筑起宇宙的坛城。四方的墙壁开始消失,地板也开始瓦解,我仿佛盘坐在一个虚空的空间里。我在四方、四隅、上下十方的中央,建立太极的中心。太极生出无形与有形,再演生成九灵八卦。我制造出代表地球生物的十二生肖气场,八种大自然现象,五大基本生命元素,一个象征宇宙万物的磁场在这三维空间里建构起来。

我借助风驱动右上方的回遮咒轮,回遮咒轮转动,为坛城里的万物注入生命能量。我再驱动下方的缘起与缘灭咒轮,天地万物开始循环流转,生生不息。人开始经历生命中的十二缘起、十二缘灭,进入六道轮回。经历过去,通过现在,到达未来。我把三个咒轮快速地转动,整个坛城也跟着转动起来,然后时轮金刚里的时间沙流开始减慢流动,最后完全停止下来,沙粒悬浮在半空中。时空的缺口被打开了,一切静止下来。

我把宝瓶放在面前,开始做如常的月禅。我与天地连接,借助宝瓶的力量,召唤出天地之心。超级月亮以完全满溢的姿态展现在坛城的上空,我从未以这么近的距离观看过月亮。天地之心就在月亮的心脏里。

第十四章　回去的道路

我戴上天使与魔鬼手镯，然后拿出最后一根愿望的火柴。火柴点燃时发出耀眼的亮光，如太阳神阿波罗的烈火战车喷出的火焰，我借用这天火的火种燃烧起大黑鸟送予的金黄芦苇。天使与魔鬼手镯各自发出黑白的光芒，象征着善与恶、神与魔、光明与黑暗的光束，汇聚在芦苇的火焰里，形成了最后的印记，那盛载纯然本心的曼陀罗图腾。

这时纯然本心与天地之心产生奇异的共鸣，一起发出异样的亮光，一条以天火筑成的道路在前方显现。我带着最后的印记，踏上天火之道，向着超级月亮走去，穿越天地之心后，再一次回到那里。

无尽的光海。

无比温暖祥和的金光再一次拥抱着我，为我带来平静自在，那感觉让我回想起在母亲子宫的时候，那份被滋养、被保护的无私大爱。这正是飞机失事坠毁时，灵魂离开肉体以后我所看到的景象，人死去后所到的地方。

"欢迎你回来。"那份熟悉的感觉再一次从无尽的光海里传来。

"我好不容易找到回来的道路。"我回答。

"其实你的生命已在那次坠机意外中完结，但因你没有学会此生的智慧，所以才再一次轮回到相同的人生。"死神解释说。

"不管是返回我的身体，还是以另一个我再次出生，本质上是没有分别的。"我补充道。

"你的情况比较罕见，没有依从既定的正常途径到达这里。你从天上摔下来时，飞机急速地螺旋冲下，万有引力加上急速的螺旋频率，时空的磁场变得紊乱，被割开了一道裂痕，你就是这样以接近零的概率掉进来的。"

"所以在既定的程序里，我是应该自然地死去，然后被送进巨型的摩天轮，周而复始，直到所有的智慧得到启蒙，最后回到这光海里。"

"那些奇迹的康复，神奇的经历，与十个梦想又是什么？"我问。

"那只是你人生的重复，就像你说过的旋转木马一样。"

"所以相同的事情还是重复地发生着，只是情景与内容有所改变，事情的本质还是一样的。现在的我再一次回到原来的境况，再一次将人生所有的梦想达成。

"你可告诉我这一切都是真实的吗？或者都只是我的妄想幻象？"我问。

"那你可以告诉我真实的幻象与虚幻的真实之间的差别吗？"

"怀疑你相信的，却成了幻象。相信你怀疑的，却变成了真实。所以二者本质上都是一样的，只是名字的差异而已。"

"在这2322天的重生旅程中，你重新学习以双腿走路，用眼睛看世界。在这段奇幻旅程中，你寻到了什么？"死神问。

"我感觉自己像一个大冒险家，探索的是人的本心，与万物的本质。纯然本心可以说是一切智慧的根源，天地之心则是万物的本质，贯穿天地的道路。"我回答。

"可以让我看人的纯然本心吗？"

"当人心不再有善恶之分，重回原来合一的纯然状态，人的本

第十四章 回去的道路

心才会再次出现。这就像把人的黑暗与光明互相结合并快速旋动，才可同时看到融合的一体两面，完美的神魔合一，完美的完全。"我抛出一枚硬币于空中快速转动着。

"如果你今生的课题是自由，那你得到自由了吗？"死神说。

一个偌大的天秤忽然出现在我的面前，天秤的一端是空着的，另一端则放着一根羽毛，我知道这是埃及神话中的真实之羽。

"当你的本心比这真实的羽毛还要轻的时候，你便获得了完全的自由。"死神解释说。

我把纯然本心从硬币上的最后印记里释出，投射在天秤空着的一端。因为两端重量的不平衡，天秤开始上下摇摆。最后，真实的羽毛下沉，纯然本心向上升起。

"纯然本心就埋藏在潜意识的深处，需要以勇气与仁爱才能寻找得到，而智慧就在本心那里。智慧让本心长出翅膀，天空海阔任意飞翔。"我说。

"你已通过所有的考验，今生的智慧已经被打开，你现在是一个自由的灵魂了。"死神说。

"所以，我可以通过光的尽头，回到那里去，化成集体回忆与智慧的点滴。"我问。

"有些人需要经历各种不同的人生，才能打开完全的智慧，回到那里；又有一些人只需通过少数的人生，就能悟透不同的人生智慧。但其实重点不是在时间，而是在过程里。"死神回复。

"因为在那里时间不是以直线运行，而是以圆环流动，所以并没有长短的概念，每一点都是共时的永恒。"我同时用左手画出一个圆形，并用右手画出一条直线。

"你让我想到几千年前曾在这里出现过的一个人，像你一样，没有依从既定的正常途径回到光海。他是第一个创建宇宙坛城，打开时空之门回来的人；而你则透过宇宙坛城，筑起天火之路回来。你们两人有着许多相同的特质，皆追寻智慧的根源。那个人后来成了一位大成就者，你跟他仿佛有着不可分割的缘分。"

"悟道道破，证空空灭。我是从他那里学会这些智慧的。"我说。

"人生的最后一个问题，你准备好回答了吗？你选择离开还是留下？"死神再一次问我。

"不都是同样的地方吗。"我一面回答，一面掀开书写的纸卷。

上面题着：无生亦无死。

"如果生跟死都是同一个地方，生命是无始无终，无生亦无死，那如何在离开生命的同时把生命留下？"死神忽然问我。

"就像如何让灵魂不用经历生存及死亡，能以永恒的生命方式继续存活。这是新的课题吗？"我求证说。

"这里没有课题，只有选择。"

"如果身体只是一种有形的幻象，那灵魂才是真正实相。但什么才是身体以外的永恒幻象？"我重复了一下问题的本质意思。

"身体乘载着人的灵魂。"

"同样，用生命写成的故事将永恒地承载着人的精神。"我说。

"这是一种使命，也是一种另类的学习。"死神说。

"就像是渡人自渡、自渡渡人一样。"我点头同意。

第十四章　回去的道路

"现在你可以再次选择，离开还是留下。"死神说。

话说完后，亮光不断地膨胀，把我、把整个空间包围吞噬……

我再次睁开眼睛，那是一个阳光灿烂的早晨。

Better系列 读者调查

感谢您参加《生命回旋:潜行生死2322天》读者调查活动,传真或邮寄此页(附购书小票)回编辑部,即可获得神秘礼品一份(数量有限,赠完为止)。参加此次活动者还将通过邮件不定期收到Better系列的最新出版信息,敬请期待!

Step1 您的基本资料

姓名:_____ 性别:□女 □男

年龄:□20岁及以下 □20-30岁 □30-40岁 □40-50岁 □50-60岁

电话:_____ E-mail:_____

学历:□高中(含以下) □大学 □研究生(含以上)

职业:□学生 □教师 □公司职员 □机关 □事业单位 □媒体 □自由职业

Step2 您对本书的评价

您从哪里得知本书的信息:

□书店 □报纸 □杂志 □电视 □网络 □亲友介绍 □工作坊 □瑜伽馆 □其他

读完这本书您觉得:

内容:□很吸引人 □还好 □枯燥(请说明原因)_____ □您的建议_____

封面设计:□够酷 □还好 □没注意 □不好(请说明原因)_____
□您的建议_____

价格:□偏低 □合适 □能接受 □偏高 □您的建议_____

Step3 您的建议

您喜欢哪种类型的书籍:

□经管 □心理 □励志 □社会人文 □传记 □艺术 □文学 □保健 □漫画
□自然科学 其他_____(请补充)

您不喜欢哪种类型的书籍:

□经管 □心理 □励志 □社会人文 □传记 □艺术 □文学 □保健 □漫画
□自然科学 其他_____(请补充)

您给编辑的建议:_____

华夏出版社地址: 北京市东直门外香河园北里4号 Better编辑部
邮编: 100028   传真: (010)64662584
Better编辑部 博 客: http://blog.sina.com.cn/betterbookbetterlife
微 博: http://weibo.com/1617597092

请延虚线剪下装订寄回,谢谢!